Winfried Radziejewski: Gedichte

ص

Seh es der Erde ab,
greif es aus der Luft . . .

Winfried Radziejewski

Gedichte

Halle (Saale) 2013

Bibliografische Information der Deutschen Nationalbibliothek
Die Deutsche Nationalbibliothek verzeichnet diese Publikation in der Deutschen Nationalbibliografie; detaillierte bibliografische Daten sind im Internet über http://dnb.d-nb.de abrufbar.

Winfried Radziejewski
Seh es der Erde ab, greif es aus der Luft …
Gedichte

Satz und Layout: Wieland Berg, Halle (Saale)

Berlin: Pro BUSINESS 2013

ISBN 978-3-86386-551-1

1. Auflage 2013

Produktion und Herstellung: Pro BUSINESS GmbH
Gedruckt auf alterungsbeständigem Papier
Printed in Germany
www.book-on-demand.de

Inhalt (Gedichte ohne Titel sind hier mit dem Anfang kursiv verzeichnet)

Vorwort

„Gedichte sind Erinnerungen an die Zukunft beim Bergen von Vergangenem für den Augenblick." Diese Aussage von Winfried Radziejewski könnte man als einen der knappsten, aber besonders gelungenen Versuche bezeichnen, etwas vom Wesen der Gedichte zu beschreiben.

Radziejewskis Gedichte beeindruckten den Verleger und Lyriker Michael Krüger. Er schrieb nach dem Lesen des nun vorliegenden Bandes: *„Manchmal klingt es ja wie aus einer anderen Welt."* Dies mag damit zusammenhängen, dass Winfried Radziejewski aufgrund seiner Widerborstigkeit und Individualität nie richtig Fuß fassen konnte in seinem Beruf als Musik- und Kulturwissenschaftler, weder im alten System der DDR, noch im neuen eines demokratischen Deutschlands.

Die Gedichte stammen von einem, der zur DDR-Zeit lernte, *zwischen* den Zeilen zu lesen und aufrecht zu gehen. Das führte zu einer unendlichen, nie aufhörenden Kette von Kollisionen bis hin zum Berufsverbot. In der DDR zum kritischen Denken getrieben, weigerte er sich aber nach der politischen Wende konsequent, diese nachdenkliche Sicht auf die Gesellschaft, das Leben und die Menschen aufzuweichen oder gar abzulegen für die Freuden des Konsums. So hat er schließlich ein Leben lang *zwischen* allen Stühlen gesessen.

Und so ergab sich für ihn ironischer Weise ein Leben nach der alten DDR-Devise: „Überholen ohne Einzuholen." Unter dem Tumult zusammenbrechender, angesägter Stühle hat er melancholische oder ironische *Zwischentexte* (Texte zwischen den Stühlen) verfasst: *„Von gelingendem und nicht gelingendem Umgang mit meinen Mitmenschen fühle ich mich* *angeregt, Positionen zu gewinnen oder aufzugeben. Meine Texte sind Zwischentexte. Manchmal fand ich mit einem Menschen auf einem Stück Weges eine gemeinsame Melodie und hinterherblickend auch Worte, die noch in unserer gemeinsamen Rhythmik schwangen."* (Zitat Radziejewski 2013)

Als ein Doppeltweggespülter, Nichtprivilegierter und an den Rand Gedrängter versucht er schon ein Leben lang, zu dem tragenden Strom von Melodien aus den Geheimnissen unseres Daseins zu gelangen, einmal über das Wort und einmal über die Musik.

Michael Krüger, der Verleger der alten Schule, der seit Jahrzehnten den Umgang mit den Größen des Literaturbetriebes pflegt, ist offen geblieben für Neues, Unbekanntes und noch nie erfolgreich Gewesenes. Er hat Winfried Radziejewskis Gedichtzyklen und Fragmente gelesen und ihm im März 2013 geschrieben: *„Die Texte haben es verdient, gedruckt zu werden."*

Dass dies nun geschehen kann, ist folgenden Freunden, Wegbegleitern und Sympathisanten zu verdanken: Arnfried Abel, Wieland Berg, Renate Bergmann, Luise Bodenstein, Wilfried Dathe, Herbert Fischer, Hartmut Gorgs, Andreas und Vera Hanfeld, Anna-Elisabeth Hintzsche, Gerhard Jahreis, Michael Kausch, Thomas Klapperstück, Siegfried Klaus, Martina Lamprecht, Lutz Nover, Benno Parthier, Luise Piechocki, Reinhard Piechocki, Gerhard Poppek, Hans-Christoph Rackwitz, Lothar Rochau, Wolfgang Rudolph, Christiane Scholze-Wendt, Brigitte Schrader, Reinhard-Karl Schubutz, Gerhard Schwarz, Helga Schwarz, Christoph Sorger, Ilona und Uwe Stein, Christof und Heidrun Tannert, Ludger Teriete, Eberhard Verron, Claus Wasternack, Norbert Wiersbinski, Sophia Wiersbinski, Uta zur Nieden sowie einer Reihe unbekannter und ungenannter Spender.

Halle/Saale, August 2013 Reinhard Piechocki

Lichtpflug auf stehendem Himmel

Lichtpflug auf stehendem Himmel

Geh durch die Aue mit rudernden Armen
hinter die Brückenpfeiler. Auf den federnden
Lagern der Brücke haftet der Blick noch des
verstorbenen Freundes. Von der Höhe
des Uferbaumes, unter dem Lichtpflug
auf stehendem Himmel, prallte sein Leben
ab. Ein Lesezeichen in der Stimmung
du – loser Landschaft.

Was wäre wegzudenken, damit das nachzieht,
was besser erscheint? Der Selbstlauf
meines Körpers ist meine Sicherheit,
während mich das Widerstrebende treibt
durch das, was die Sinne sich holen,
nur um sich ins Vergehen zu stürzen.

Optimierung durch Archäologie

Zur Zeit weiß ich, je mehr wir finden,
um so unsicherer lassen sich Ideale begründen.
Auf wenige Reste, aber schlagkräftige Indizien
reduziert sich die menschliche Hinterlassenschaft.
Aus der Freiheit fällt Schutzbedürfnis und ermächtigt
Machtbedürfnis. Jedes Bedürfnis verschafft sich Spielraum,
ordnet zu, drunter und drüber, und sondert aus.
Temporäre Einrichtungen für den besonderen Fall
werden zu dauerhaften für jeden Fall. Zuerst im Gefühl.
Die Sprache zertrümmerter Schädel in den Grabgelegen
des neolithischen Walls auf dem idyllischen Gelände des
künftigen Autobahnzubringers – Ja, es wird
weiter über Köpfe hinweggehen (müssen).

ψ

Den dunklen Einschluss des Bernsteins
nenne ich dich. Ich mache daraus
eine Seele. Die Optik spielt mit,
wenn meine Vorstellung aufspielt
und lässt mich vergessen, dass jede
Seele aus sich heraus befeuert wird.

Glasobjekt – Offenes Netz

Wir lassen uns vernetzen, um ins Schleppnetz zu gelangen
Wir sehen im Schleppnetz unsere sozialen Kontakte
Wir leisten den Extremsport in unseren Verstrickungen
Wir haben Brillen mit bezaubernden Schliffen
Wir schauen durch Glas und ins Glas,
geführt von den Inhalten, den Winkeln der Lichtbrechung
und finden zu Tiefen im Ewiggleichen des Vor-
und Zurücktretenden: „Du darfst dir das Liebste
mitnehmen“, spricht die Stimme aus dem Märchen.

Picassos graphische Blätter

α

Wenige, aber was für Striche.
Die Linien vom Körper gestreift,
o Süße, hat es den Schöpfer gepackt,
zart Stoffliches diffundiert;
an die Stiche der Lust
ist das Dasein geheftet, und
durcheinander purzeln
die Dimensionen 1 – 4.

β

Ein wedelnder Blick.
Ein Zaun, der winkt.
Das zwinkernde Raster.
Es ist angetippt,
und Pendel-Elastik zupft Schwirrkurven
und Schwirrkurve sondert Klangsystolen,
das sind verschachtelte Aufrisse,
deren perspektivische Projektionen
als pralle Fleischkaskaden
im *accelerando con diminuendo*
sich aufwerfen, wie Stiere tanzend
zu schnalzender Vulva,
während aus dem saugenden Diastema
Lethe tritt zum Schaum vor den Mund.

γ

All dies sah schmunzelnd
ein Hirtengott und sein Kraushaar
begann zitternd zu jucken und zu sterzen,
unter Hut und Hose blitzte es
und zuckte im Regenbogen.
Schwupp, zog er die Schubkarre
her, perhaps, den schweren Priapos drauf,
schob er ab wie der Gärtner
zu den krummen Furchen,
der schwungvolle Sämann:
S A T O R
A R E P O
T E N E T
O P E R A
R O T A S

π

Ach du, meine bleiche Liebe,
auf der ganzen weiten Erde
finden sich nur Erwartung und Tod.
Schlage mit Liebe
die sich bäumenden Pferde,
treib sie zur Tränke,
du fütterst die Not.
Sieh, in den Abgrund
wälzt sich die Herde,
setze du an zum Fluge,
reite parforce,
schieß drüber hinaus.

Präsenz, nicht Hoffnung

Du, die die Blumen ergriff
aus der komplementären Drehung
von Farb- und Sinnenkreis,
die selbst brannte den Haarschopf hinauf
aus der Dornung des Herzens,
deren Stimme den Rhythmus bloß legte
im Interferieren von Welle und Teilchen
aus dem Strom des Möglichen –
du, wie im beginnenden Aufwind
die Knospe die Kraft der Wurzel löst,
du, lässt mich schwenken in den Schwarm
deiner Epheliden und mündest uns
in den Kelch allen Kelchseins.

♣

Deine Vergangenheit kann niemand dir nehmen,
jeder Griff ein Traum.
Deine Zukunft ist dein Horizont,
grob einsehbar, nicht greifbar.
Aber dein Herz: schlägt jetzt.
Und dein Blut: fließt jetzt,
wie ihr Herz und Blut.
Im Regen unter Bäumen.
Im Sand am Meer.
Über die Leere der Betonpisten.

∞

Vermüllte Strassen, zerknüllte Natur,
gebührengesegnet.
Wer sich nicht hasst, ist sich noch nicht begegnet.
Es kreuzen die Geschiedenen
die mit sich Zufriedenen.
Was auftaucht, taucht unter
und drüber und drunter
wird weggeworfen, geht unter.
Man darf die Bestraften nicht
aus den Augenschlitzen lassen,
sie sind zu erniedrigen
und lächelnd zu hassen.

±q

Das Unangenehme ist mächtig,
denn es ist das Unannehmbare,
mühelos füllt es jeden Raum,
keiner, der nichts von Alchemie versteht,
wird es je los. Und es bahnt sich
seinen Weg wie das Wasser,
zu dem die einstürzende Wand noch spricht,
„ich gebe dir den Weg frei“. Und
das Wasser – gluckst, spritzt, gurgelt, donnert –
entspannt sich ganz weich und ruhig.

Eierndes Hasen-Design

1

Parcours

Hinein in die Weite der geschliffenen Steinfelder des Marktes
vollzieht sich das Sekundenkreuzen der Passanten.
Und Mützenschirme schnäbeln mit den Stichlinien der Sonne.
Menschen ducken sich unter der Zeit, lassen sich
gefahrloser überspringen als beliebige Hindernisse.

2

Graugrauer Grund, gelegentlich weissend.
Herbst zerrt an aufbäumenden Blättern.
Die Bucht beständigen Grüns führt
ins leuchtende Okker: Oktober.
Das Luftgetön, Bedeutung ohne Geschichte.
Gemurmel, Gewimmer, Aufstöhnen, Ablacher,
Fetzen einstiger Bedeutung in Endlosschleife
durch die Korridore des Pflegeheims.

3

Nichts ist verlässlich. Alles hat seinen Grund.
Wer das Stürzende sieht, meint, es wechsele ihn gerade.
Der Baum im Fluss. Nicht wenige seiner Äste
tun noch so, als wäre nichts geschehn.
Das Wasser, das ihn nährte, aufpäppelte und spiegelte,
bekam ihn ganz. Ein Problem-Fall. Wie immer
wird ihn vertun Schwarzsilber, der harmlos
kräuselnde, der Flussgott.

4

und die webcam

Altes Haus mit stattlicher Pforte. Gedämpftes Treppenhaus,
polierte Hölzer zur Treppe gefügt. Ich beginne
mich zu vertonen und vermerke peinlich mein
polterndes Gewicht. Sanctus, ein Cherub
erwartet mich auf der höchsten Stufe mit
ineinander gelegten Schwertklingen.
„Darf ich sie führen?“ Unverzüglich bin ich hinter ihm
über Dielen und Schwellen und sein, „bitte sehr“,
spiegelte sich kurz in mir, eh ich verschwand.
Er betritt das Büro: Computer, reale Leute,
nimmt für sich ein, während ich auf dem virtuellen Rückweg
bin: Dielen, Schwellen, Treppen, Poltern, die Pforte –
und die ganze Leere vor mir habe.

5
Hospiz

Meine alte Nymphomanin liegt im Haus der Sterbelust.
Aus den hohen Kissen heraus saugt sich ihr Mund,
der Eierschleck; die raue Zunge und Rüsselschlange
fährt aus dem sabbernden Vulkan. Die Wangen

blasen sich auf und fallen zusammen nach Entledigung
des Gestöhns. Mit verschrumpelten Äpfeln und
wogendem Schoss scheuert Eva an der Paradiesespforte.
Das lindgrüne Personal – kein Lebensjob – *con sordino* –

und gelegentlich überschreit schon einmal einer in
seiner Wut das Markerschütternde eines Moribunden.
Die Überprüfer der Krankenkassen, die Bestatter,
die Pastoren, ja alle Diskreten beleben die Gänge.

Wer möchte denn zu solch einem Preis ans Leben
gefesselt bleiben? Good bye ruby tuesday.
Will you change with ev'ry new day,
werd ich nichts davon vermissen.

6

Der Nachmittag steht stillgelegt
Die Zeit floss ab aus seinem Rahmen
Und Strauch- und Baumdickicht dichten noch ab
Fast wie geschmiedet ragt das Grüngeränke
Nur eins der zählbaren Pappelblätter
rast, quittengelb, im Käfig seines Astgesperres

7

Soziale Frage

(Melodie: „Mein Gmüt ist mir verwirret“)

Vertrautes ward mir weggerissen,
Und Fremdes dringt in mich hinein,
Wie bin ich leck geschlagen,
Ich weiss nicht aus noch ein.

Wer mir die Hand jetzt hinhält,
Ist selbst grad am Versinken,
Halt ich die Hand nicht frei,
Werd ich mit ihm ertrinken.

Schneegrün die Leopardin

(Leipzig Papitzgrund)

Aus den Lachen im Auengrund blaken
blaue Frösche zu den Laichgängerinnen
kurz hinüber im gelben Spotlight der Sonne.
Vor kahlschädligen Hängen, auf Trampelpfaden der Huflattich.
Auf den Straßeninseln bunte Krokusse,
(der Frohsinn der Supermärkte).
Willst du dich verlieren im Kommen
von Augen eines blassen Filmes:
im offenen Cabriolet die Blondine?

Zum Springton des Regens
in die zerfallenden Furchen faulenden Schnees
zerschrägt die Zischlaute der Chaussee
der scharfkantige Aufschrei einer Amsel,
bräunt aus dem Windfang einer Hecke
Licht ihr überfliegendes Grün.
Du –- gingst schon vorüber
Du – wirst wiederkommen
und den Sommerstaub von
meinen Lippen lesen.

DAS DRITTE (Zu den Kategorien)

Als die Vogelzüge der Töne
das Dunkel entwölkten
war dein Ohr unser
als die Lichtwalze
die Konturen wattierte
dein Auge war unser
als die Düfte unsere Häute
okulierten schob sich
dein Messer unter unsere Adern
als wir uns nicht weiter
verdichten konnten
vermaßest du unsere Münder
du warst immer
ein Zungenschlag eine Geste
ein Schritt ein Imaginäres mehr

Ich verzahne meine Augen
mit den deinen
unsere Zähne blecken
augenleer
Alles war nur
um mehr zu sein

Die Waldgänger ziehen durch
die Kavallerie der Kiefern
wird gefrontet von der Sonntagsschneise
wo der Wind mal
ein fernes Glockengetön oder
bohrende Verkehrsgeräusche anbietet
Ein niedergebrochener Anstand
scheint die erstarrten Strudel
gebleichten Grases zu bannen
laugende Niederungen, lauernde Böschungen
gehen zwischen den Stunden der Begierde
die das äsende Wild beleibt
Es ist das Spiel vom Weggehen
in den Dämmer der Erinnerung
zum Rausch des Tötens als Aufruhr
gegen das Himmelsrot vom ewigen Tod

Visions fugitives

Wo zur Süße reift
das Haben-Wollen
aus den Mondseiten unserer Gesichter
und wir einen Atem fassen
und Sprachgestelle besteigen,
an denen der Soleil der
Illusionisten haftet,
ein scheinbar Unerklärliches, das uns wappnet,
noch nicht klein beigeben zu müssen,
scheinen wir unüberwindbar,
machen wir uns unsterblich
einsam.

Danse virtuelle

Dunkle Reiterin zur Raufe,
der fliehende Pferdehals der Morgenröte
sinkt in die Grasflut
die pulsierenden Hyperbeln von Stauchung und Streckung
fließen über. Mein Atem, der gefriert,
zerspringt als Geflüster zerstiebender Sterne.
Halt ein, Gnadenbild-Göttin,
ich will an deiner Haut kratzen
und deren Zeichnungen mit den meinigen vergleichen.
Ich will einen Fang in die Arme schließen.
Der Wärme wegen.

Judäa 60 n. Chr. vor Aufzeichnung der Evangelien

Als sie aus ihren Wohnstätten
hinauf flohen zu den erhofften Verstecken,
den Höhlen, vor den heimtückischen Morden der geheimnis-
vollen,
unerkannten Sikaren, wussten sie nicht, wer mit ihnen war.
Sogar jeder vertraute Blick versteifte das Rückgrat, als sie
die Verstecke gefüllt mit Gemetzelten vorfanden.

Bei welchen der Schutzsuchenden verwandelte sich das pure
Entsetzen
in kaltes Blut und bei wem überwucherte eine alles erfüllen-
de Liebeslust
die Angst?

Auferstehungsmännchen, alternativlos

Die Kirchen starten durch:
Weihnachten, Carneval, Aschermittwoch, Leidenszeit, Auf-
erstehung.
Sekretärinnen und Sekretäre des Auferstandenen
spartieren sorgfältig, weisen zu und ab und hin und her,
freundlich, liebedienerisch, überlegen, unterlegen.
Sie rappen, poppen, rocken, sind fetzig, einfühlsam, betroffen,
mit Unterwürfigkeit drohend, kennen sie die Statistiken.
Entschieden
sorgen sie sich um Einschaltquoten, um die Bewahrung des
Lebens,
ihres feinen Lebens, verkleckern alles Kerzenwachs der Welt,
nichts ist ihnen zu peinlich, sind wahre Eisbrecher der Ge-
müter mit dem Frühlings-
Geklingel ihrer Klingelbeutel. Von der Zielstrebigkeit der
besten Banker
bringen sie ihre virtuellen Reality-Shows an den Mann.

Oh Wunder aller Wunder, Geheimnis des Glaubens:
30 – 40 authentische Jesussätze haben sie zu einer schier
unendlichen
Nährmasse gekaut und unaufhörlich regenerationsfreudig
ihren gestylten
Messias designert.
Nie sind sie die alternativlos Armen, die abgeschnittenen
Verfolgten,
nie die Geschändeten, Getöteten, nie die Verlierer.

Benedictus, qui venit in nomine Domini:
Sie geben dem Erfolg Recht und der Erfolg ihnen –

Die erwählten Auferstehungsmännchen.

Pfingstochse schönes Geschirr

„... was er sonst anstrebte, erreichte er nicht, oder er erreichte es anders, als er gewollt hatte, oder er wollte es nicht mehr erreichen; denn die Dinge kehrten sich um, und was sich als gross gezeigt hatte, stand als Kleines am Wege, und das Unbeachtete schwoll an und entdeckte sich als Schwerpunkt der Dinge, um den sie sich bewegten.“

Adalbert Stifter, Der Waldgänger

Im Frühlingsaufwind

Vor dem Gebäudekarree, parkseitig,
pausieren bunte Grüppchen Weiterzubildender.
Versonnen bäumen sich Körper
unmerklich in das Treiben der Bäume,
wachsen über den letzten Schlussstrich,
nehmen die Brüche zum Ganzen
und nur ein Hungern wird wahrgenommen.

Anti-Aging, zögerndes Jenseits

Aus deinem Gesicht les’ ich deinen Schlaf,
von deinem Lippensaum deine Bedürfnisse,
zwischen den Winkelknötchen deines Mundes
von Worten, die sich dir entgegen stemmten,
und Erwiderungen, les’ von Begierden,
Anlässen und Ablässen, bemerke die Schaukel
der starren Kinnbögen für Ausflucht und Einholung.
Den Spuren der Gezeiten, einzig und allein,
entging nur das Philtrum*, lieblich und jung.
Ich seh’s an dir und hör nicht auf,
mich zu meinen.

*Griech. Philtron = Liebeszauber; Einbuchtung in der Mitte der Oberlippe

Herr, der du die Nacht vermisst,
in Bildern zieht vorüber sie
und in mein Tagwerk ein,
der du ein Jegliches stets fallen lässt
in seinen Grund hinein.
Gleich ich nicht einem Clown,
fähig zum Gleichgewicht
und auf dem Kopf zu stehn?
Mein Hirn ist Spinnrad und auch Webstuhl
des Garnes meines Glaubens,
das flugs deiner Präsenz wie der Absenz sich fügt
oder sich verheddert . . .
Ich bin im Kreislauf,
der du bist.

Hahnenfuß zwischen den Zehen

Huscht in die Bucht der Wolkenspindel Schatten
oder der sich spreizende Weissstorch
übers verkrallte Gehölz des
an der Flut leckenden Obstgartens;
der Fluss spaltet sich und Wehre
gebieten seiner leeren Unrast.
Daneben mit stürzender Kraft
die unbedachte Wassermühle.
Finster fallen die Jahre durch Dachstuhl und Decken
auf rostende schwere Vorrichtungen.
Donnernd wirft sich die Strömung auf.
Von den angrenzenden Baumkronen
weit über die Aue, über Deiche,
Flutgräben und Tümpel,
über Seggen und Rohr
pfeilt sich das bleichende Raster
ihres Dachgespärres.

Schließlich ganz banal

Soll ich die Tür ausschütteln, die starre?
Von den Fensterschwingungen die Musik
dahinter ausspähen?
Schlag um Schlag die Wände glätten?
Die Reihenfolge von Aufräumen, Aufträumen, Aufschäumen
kaleidoskopieren? In der ganz großen Antiterrorismusübung
meine Neidneigung zugunsten demokratischer Gesinnung
tauschen?
Manchmal geraten mir Laute zwischen die Lippen,
fallen ins Wort und bezeugen
meine im Gang befindlichen Lebensprozesse.

Wenn aus dem Endgültigen wieder ein Vorläufiges werden kann, können wir frei durchatmen

Ich möchte ihn nicht mehr missen
den Klimawandel. Sie wissen doch:
„Nur wer sich ändert, bleibt . . .“
„Sich treu“, das ist doch das beste für die,
die in Parks, unter Brücken und so, nächtigen.
Aber . . ., die Tornados – nun ja,
wir befinden uns eben im Aufwind.
Die Konjunktur, die Konsumtion, die Profite, das Lebensalter . . .
Die Pole, die Gletscher schmelzen ab?
Dann steht halt mehr Wasser zur Verfügung,
soll ja sowieso knapp und aufgeteilt sein.
Aber das ganze Jahr Rosen hier in den Anlagen
und Feigen und Zitronen statt Vogel- und Schneebeeren
für alle. Nahziele, keine riskanten und teuren Fernziele.

Karl Völker, Maler-Werkschau 2007

Nach allem Drunter und Drüber im Lebenslauf von einem
in der ersten Hälfte des 20. Jahrhunderts wusstest du,
das meiste, was dem Menschen so vorgesetzt wird,
ist verwünschte Inszenierung, und die Rollen, Maskeraden . . .
wo einen gerade der Schlag trifft –
wenn man ans Sattwerden, ans sich Kleiden
oder Geliebtwerden denken muss,
macht man sie sich schon irgendwie passend.

Umtriebiges Arbeiten, sich für keine Arbeit zu schade sein,
steht für Abbrüche und Umbrüche im Werk.
Dem scharfkantigen, betonierten Protest schließt sich an
die Leichtigkeit in verlaufenden Konturen des Amüsierbetriebes
einer Strandpromenade. Gibt es ein Wechselspiel der leuchtenden
Blumen des Trockenrasens auf den Porphyrkuppen über der Saale
mit den Lampions beim Laternenfest? Oder gar mit den gedachten Farben
der Verstrebungen industrieller Anlagen? In Schmirma jedoch
verlieren die Massen ihre Köpfe in dem einen Kopf ihres Führers:
Dein Jesus, in den Farben des Blauen Reiters, ein Lenin?
Ein Kopf, eine Architektur, ein Lebensvollzug?

Die Errungenschaft, unverwechselbar zu sein,
ist, wenn man den Schritt zum richtigen Gott auslässt,
sehr unbequem. Und Engel,
die einer vom Himmel holt, werden über kurz oder lang
schwer. Plötzlich will einem mit ihnen kein Himmel gelingen.
Dann bedeuten geistlich oder weltlich kaum mehr als
zwei Fluchtpole, in deren Feld Leben geschieht
und deren Transzendenz des Menschen Wille ist.

Maikäfer und Reinkarnation

Wenn ich wiederkehre zu den Auslagen mit Plastewühlkisten,
zur Frage verramschter Gelegenheiten
und mein Hand- und Fingerspiel sich
dem endlos Reproduzierbaren widmet,
der Ökonomie des Unpersönlichen, der zutragen
das Geklingel gestanzter Worthülsen, Talkshow-Stands, der
ganze irre Sound
– ist doch eigentlich gleich, wer ich gestern war –
der Hype, der Habit des Erfolgs, der gefallsüchtige Duft,
muss ich etwas Identität-Stiftendes tun:
Im Rap Gras büschelweise aus einer Rabatte reissen
und einen Maikäfer, den ich mit einem Halm stubse,
Endlosschleifen laufen lassen,
bis ich mich stehen lasse als *special guest*
unterm Ultrablau des tiefen Gewittergrüns.

Empfiehlt sich

Der Papst gibt uns sein neues Buch zu lesen,
das schon vor seinem Erscheinen Bestseller war,
was ganz allein beweist, dass um den Glauben
hier auf Erden keiner je besorgt sein muss.

Doch dieses Mal, der Papst ist originell,
wird erstmalig der Glaube aus dem Opfergefäß
Seiner Kirche die wesentlichen Probleme lösen:
schwer erarbeiteten Neid, den Hass, die Ignoranz,
Selbstsucht und Armut.
Solches ließ er sofort an seinem 80. beginnen.
(Tut plötzlich so, als wär für alle
die unumstößliche Wahrheit hereingebrochen.)

Seine Angestellten bekamen alle frei
nebst einer anständigen Gratifikation.
So geschah es, dass alle, die er sonst nur im Gebet bedachte,
bei ihm Zutritt fanden:
die Mühseligen, die VUPs, das Prekariat eben,
die VIPs aber, die aus Sicherheitsgründen
sich nicht ins Gedränge zu ihm trauten, nur vorfuhren und
wieder abfuhren.
Benedikt stöberte mit dem Fischerringfinger noch ein paar
Fischstäbchen
in der Kühltruhe auf, und beim vom Hand-zu-Hand-Gehen
tauten die auf. Stadtstreicher gaben ein paar verschrumpelte
Brote drauf,
und der ganze köstliche Messwein, he, war am Ende aufge
braucht.
Singsang in den ehrwürdigen Mauern rundete die gemütliche
Stimmung ab.

Damit bewies seine Heiligkeit zweitens, die in
seinem Jesusbuche zutiefst erfasste wunderbare Realität der
Transzendenz:
Der Glaube wirkt aus sich selbst heraus und
schreibt sich fort durch die Gemeinschaft der Entzündeten
gerade dann, wenn welche alle Viere gerade sein lassen
müssen.

Mir bleibt nachzuschicken, dass gut informierte vatikanische
Beobachter
meine vorangehende Schilderung tendenziell abenteuerlich
nennen und betonen,
dass der Heilige Vater nie und nimmer beabsichtige, sich
lächerlich oder unglaubwürdig darzustellen.
Ein offizielles Dementi blieb bisher aus.

Nächste Frage bitte

Andrej K. Sytin geht durch die Fragmente des Schlosshofes

(Oberwiederstedt 20. 10. 12)

Ein Fuß bleibt der Schwerkraft und einer der Schwerelosigkeit.
Und dazwischen fluoresziert die Zeit – der Körper ihr Segel,
worauf Apoll die Saiten spannte, deren Schwingen
die letzten Blüten des Jahres verschenkt.
Einst ging Galuppi so durch die Wucht Petersburgs,
Melodien reinsten C-Durs, Lampions
auf den Trauergondeln der Bässe, verschenkend.

Des Orpheus Abstieg

Für Siegfried Thiele

Ach, dass ich singen kann –
Musik ist Finden der Resonanzen –
weist mir Wege selbst im verloren Geglaubten.
Aus dem Wellenspiel des Ununterscheidbaren
löst sich das mit mir Schwingende
zu Inseln des Glaubens, an deren Stränden
das Material für Brücken liegt:
Hörbrücken, Brücken des Sehnens und Spähens.
So weiß ein Wind zu gehen, der
den Schatten Eurydikes mir zutreibt.

Orfeo e Euridice

Nur an sie hast du gedacht.
Sie zu finden, war dein bisher Schwerstes.
Nur kurze Zeit fasstest du ihr Eigenes.
An dein Eins-Gefühl keuchte sie heran.
Als du Licht machtest, wo hattest du sie nur hingesteckt?
Bald kam das Allerschwerste: sie aus dir herauszuholen.
Zutage kam der ganze verleierte Kram,
bis du nichts mehr herzugeben wusstest.
Zu beschenken deine Leere aber, trat sie hinzu.

Beziehungen

Ihn begrüßte ich zum letzten Mal
bei der Bestattung Seiner Exfrau,
deren Tochter schaurig sang.

Der anonyme Andere, Vater, sprach
in das gelichtete Blattwerk der Gehölze
von Reinkarnation und
schloss in die Arme die Urne.

In die Versenkung rauschte Sein riesiger Strauß
dunkelroter Rosen. Mit wenigen Schaufelwürfen
verschloss der Andere das Grab.

Abschied von Hans Werner Henze

Mein Genosse Mensch ist gegangen.
Was von ihm wird nach ihm kommen?
Wir lassen unsere Gedanken durch die Büsche fallen
wie fette Locken vom donnernden Schädelgebein.
Schon längst konnte das Prekariat keine Eintrittskarten
mehr zu seinen Opern und Konzerten lösen.
Schon längst war das Morgenrot gereinigt von erloschenen
Sternen:
Man hält Hof mit Parolen wie „Nie wieder Faschismus“
und „Holocaust“, während man sich unablässig
an die Gurgeln geht.

Bei dem Menhir am Feldrain

Im Spählicht eines milchigen Novembertags,
in der windfuchtigen alten Kirschallee
gingen wir schwarz an schwarz aneinander vorüber,
kennend diese Augen und Namen.
Du sandtest nach keinem Wort aus.
Ich warb um keinen Blick.
Wir wandten uns nach der Stummheit der Krähen,
die unvermittelt aufflogen und einen Schleier
spitzen Schreiens übers Tal schleppten.
Noch einmal zu Hause ankommen,
noch einmal die Zukunft vergessen.

Religion schöpfen im Wörlitzer Gartenreich

Ich weiß, einmal wirst du auf dieser Insel
eine Wasser schöpfende Marmorskulptur sein
mit unzerstörbarem Spiegelbild.
Und nur die Karpfen, die goldschuppigen,
die dir aus der Hand zu fressen scheinen,
dürfen es trüben. Wenn der Ewigkeit
eine Sekunde entgleitet, wird
das Spiegeln eines Schwans vergöttlichen
den sich nicht selbst fassenden Augenblick.

*

Leben sind Scherben oder Gekittetes
Denn aufs Ganze geht der Tod
Leben ist Unvermutetes
Die Liebe fängt der Tod
Liebe ist grad so Gerettetes
Durch den Raum streichen
Bis ein Tier sich in den Weg legt
Auf dem man keine Zeit zu verlieren hat.

„verlust-reich, frei.“

Friedel Waal

Wir haben Angst voreinander,
wenn wir nicht Macht ausüben, gegeneinander.
Wissen ist Rücken an Wand.
Einwand:
Gegenwand, Gegenrücken, Gegendruck
Berücken: Wer fällt zuerst?
Aus oder ein.

Waren die Stromatolithen einst äffendes Weltende?
Erst als sie sich zu verspeisen begannen,
die Sauerstoff erzeugenden Cyanobakterien,
setzten sie die Entwicklung unseres widersprüchlichen Lebens
in Gang.

*

Übergehen und übergehen:
Staub, eines wirbelnden Daseins
Abrieb – im Auge, im Getriebe . . .
Wir wissen, was wird, wenn:
Haben zu Tode geritten.
Tägliche Bombenhochzeiten Information.
Drohnen zuckende Hirne belauern,
zu vernichten aufflackernde Terrorstörungen.

Die Fossilsammlerin

Du bist eine gestrenge Herrin:
Sammelst, wo du nicht gesät,

die Erwartung Immer-ein-neues-Glück
biegt dich zu immer huschenden Schatten.
Im Nebeneinander gespurter Brüche
bahnt sich kein Ausweg.
Der Wind um die Ecken, ein altes Lied,
dreht dich und spreizt weg;
stopf in dich das erstarrte Glied.

Aufbruch der Lyrik im November 1962 und in Ostberlin

Hermlin las die Gedichte junger Autoren,
die anders sein wollten, ja arhythmisch daherkamen,
dissonant zum Wohlklang der Hofliteratur;
war es, als nehme jemand die verstreuten Ziegel
der Trümmerhäuser zu einer noch windschiefen Mauer.

Es ist Zeit

Die schwarzen und weißen Schwäne verschwimmen
auf dem Schlossgraben, als ich komme
entlang der Winterlinge
vom Rudolf-Steiner-Weg über den Goethe-Weg
im Ostrauer Park unter die Höhe der abgeernteten
mächtigen Scheunen und Stallungen, deren
Natursteingemäuer nichts mehr hält.

Advent - Ankunft

Du hast mich nicht aufgenommen,
als ich verloren ging.
Du wolltest nicht vom Weg abkommen,
der meinige schien dir gering

Nietzsche:
„Wir sind so tief, weil wir so viel Oberfläche haben."

Ankunft vor den Klüften
(Na, gute Nacht, Stille Nacht)

Des Menschen Eigenes und's Himmelreich sind seltendst EINS. Warum? Weil immer das Himmelreich das Verhältnis zu denen betrifft, die wir nie meinen können.
W. R.

Ein Tag,
das sind Wetterlagen. Der Efeu
hält sich verkrallt in den Sedimenten
und Trauben Schnees verwässern
als abgestürzte Schwäne. Den sonnigen,
den blühenden Lattich zertraten sie,
ihrem Schnee folgen Grabsteinchen Hundekots.
Craniosacrale Schleichwege – schwarz brechen die Lippen
der Meisterin aus den amöbenhaften Wärmeinseln,
eisfingrig greift sie nach Geld, indessen die Kormorane
anmutig fischen und die fedrige Schneekruste
marmorieren. Vergilbte Halme blaken –
Kerzenstummel, seit der Wende vergessen:
Aus kalten Höhlungen kommt der Tag
im Dezember, ein sich zuneigender Fluss.

So viele Musiken dämmern herauf
im alten Gehölz des verlassenen Gartens.
Hier, der Stamm der Birne, wird einmal ein Zink.
Aber der rissige Kirschbaum – ein Cembalo-Fournier.
Der schräge Apfelbaum taugt nur noch für Scheite.
Um die Weide, die in den Fluss bricht, kümmer sich keiner,
ganz selbst, nur flussabwärts, wird sie wiedergeboren.

„Ein Kind ist uns geboren . . .“

Immer wieder neu wird ein Kind geboren,
ob schön-reich oder verachtet die Eltern sind,
schließt auf zu der Vorangehenden Bahnen,

gibt sich tough, hat noch lange nicht verloren,
sieht die vor ihm traben, es treibt der Rückenwind,
sieht das Flattern der vorausgesteckten Fahnen,

mit einem Blick sind Hindernisse zu durchbohren,
dann kommt die Weite, wo man keinen vor sich find't;
ein Unfall, hoppla, schleudert aus dem Planen –

Und plötzlich ist die Bahn zum Ring gefroren,
Krankheit zerrt schamlos hervor, was wir sind:
eben, ein missratnes Kind.

ص

Nein, sie geht nie zu Ende
die Zeit des Romantisch-Seins,
irgendwo tasten sich Hände
hinter die Masken des Scheins.

Stehen bei schummrigen Ständen,
nehmen fröstelnd vom heißen Wein,
Schnee stürzt aus schwarzen Wänden,
hört nimmer auf zu schnei'n.

Voran mit Augen, Lippen, Händen
fang ich die Schneekristalle ein,
möchte beim Tanzen, Springen und Wenden
mitten in deren Leichtigkeit sein.

Weißt du, sind wir ganz leicht von Sinnen,
setzen wir über den spiegelnden Fluss,
lassen uns ineinander verrinnen
unter Kristall und Verdruss.

Lassen aus Worten Funken stieben,
dürre Träume entfachen zum Brand,
wolln wie Wildgänse Stürme schieben,
und stürzen über den vollen Rand.

Nicht wie die, die in Wellness liegen,
denen scheint gar nicht wohl zu sein,
wir wollen uns auf der Thermik wiegen,
verachtend das Klein in Klein.

Wenn dir was schwant, dann liegst du richtig,
schleuder den Hals, reiß die Arme empor.
Es läuten die Glocken, tief und gewichtig,
Stille Nacht singt der Kirchenchor.

Die Rose, gestriffen vom Haar des Windes,
fühlte sich frei von Himmel und Erde.
Dem Kirschbaum kam die Süße abhanden.
Wessen Lider trägst du in der Trauer?

Zahnende Rosenblätter und greifende Zeit
ritzen dem Baumstamm die Haut.
Der Bildhauer schneidet vom roten Holz
ein Grabmal mit Engel und Dornenkrone
vom Schmelz einst betörender Kirschen.

Die sinkende Sonne
kippt der Pappeln Okker
in den Fluss-Fluss,
worüber eine Spur ausgewaschenen Himmels
zurückströmt. Und Gottes Handschatten
hält unter Spiegeln das Treibende,
indessen einer zottligen Birke Wegmarke
ihr geschecktes Kleid entgleitet.
Wer in der Tiefe sich meint,
nimmt seine Hand der besseren Kühle halber
von der Stirn und hascht nach Nibelheims Zeichen
gegen all den quälenden Hintergrundslärm.

Mauer unter redlichem Wein

Über die Ziegelmauer lecken die Feuer
irrer Ketzerzungen in das Brandmal
scheiternder Nacht.
Aber ihr kalten Gespinste der Spotlights,
hier bricht soeben die Erde herunter
und der Raum wird frei und gestreckt
als ein ewiger Ausgang und Morgen.

Diana, der Göttin

Alcina bricht den Rhombus
Ihrer Gestalt durch die Passage.
Ihre Hände zaubern nicht,
noch ihre Füsse. Nur hochwirres
Haar sticht in die Brunft äsender Hirsche.
Starres Haargeweih, Trophäen an Gier.
Acteon fühlt sich umstellt von
Stalking-Dämchen mit angeleinten
frisierten Hunden.

Herbst. Versuch mit randloser Hörbrille

Einen Ton in die vermeintliche Leere stellen
und sie zaubern lassen,
staunen, was alles hervorkommt,
wenn wir etwas leer meinen.
Da kommt Ton zu Farbe und Farbe zu Ton
nur aus Störungen durch Verunreinigungen
und Unschärfen im Raum zwischen
Null und Unendlich und an deren Rändern.
Nicht einmal ein reines Gewissen ist wirklich.

Pilze, die sich bestens im All auskennen

Es gibt Sterne, die als ledrige Pilze
auf dem Waldboden sich wiedergeboren finden
mit einem prallen Staubbeutel im Zenrum,
der einmal raumgreifend explodiert,
damit neue Sterne entstehen.

Im behutsam sich färbenden Laub des Parks
mittendrin die längst verreckten Kastanienblätter.
Gewinn und Verlust einer gewandelten Zeit
treiben uns in die Phantasmagorie.

Seh es der Erde ab,
greif es aus der Luft . . .

In Wuischke im Sorbenlande
im Schoße des Czorneboh
saß vor Jahren der Dichter Cz.
vor seiner windschiefen Hütte
im Grünen, die Hände im Schoß.
„Ich suche Gott“, sprach er fürbass
zum hühnenhaft daherkommenden
sorbischen Sänger Pepek.
„Was, du suchst das Vorhandene?
Stehe auf und wandle!“
Und trotzdem, der Ordnung halber:
Der Dichter landete in einem
Schwarzwaldidyll, den Sänger jedoch,
er türmte nach Kamenz; bei seinem
Gasherd fand man ihn –
kopfüber.

Seit Jahrtausenden schleppen wir
den einen Gott wie eine Flickenjoppe
mit uns Und man macht ihn uns streitig.
Aber die Flickenjoppe bleibt existent,
obgleich deren Substanz schon unzählige Male
ausgetauscht worden ist und sich nie wirklich
ein Träger gemeldet hat.

Aus Nigeria höre ich, wie Privatinitiative
die Religion zum einträglichsten Geschäft
werden ließ: Selbsternannte Geistliche
geistern wie Rockstars auf Stadionbühnen
als christliche Erwecker und Heiler herum
für einen wahren Geldsegen.
Mitten auf einer belebten Geschäftsstraße begegnen sie mir:
Zwei Gehilfen halten ein gewaltiges Holzkreuz
mit dem Farbfoto eines blutüberströmten Körpers.
Der schwarze Pastor in feinstem Tuch teilt aus goldberingter Hand
Einladungen zur Begegnung mit Gott zu. Halleluja.
Wer erinnert sich noch an des Eulenspiegels Streiche?

Der Billiggott

All die Liebe Gottes. All die Güte Gottes. All die Barmherzigkeit Gottes,
predigt die Pastorin im Schwung.
Hörte sie sich nicht an wie:
Aldi – Liebe, Aldi – Güte, Aldi – Barmherzigkeit Gottes?
Hört, ihr Sozialfälle, der Ramsch bringt euch in Beschäftigung,
hilft anderen zur Legitimation ihrer Geschäftsidee.
Ein Konsument ist als Konsument gefragt.

Aldi = äußerst erfolgreiche Billigeinkaufskette für ganz Deutschland

Distanzen in Schlesien

Abgebrochene Brücken

Meine Großeltern führten mich oft den schmalen Pfad
auf dem Hochwasserdamm der Neiße entlang bis hinters
gesprengte Wehr, wo auf dem jenseitigen Ufer die Grundmauern
ihres Häuschens inmitten eines verwilderten Gartens zu erkennen waren.
Die Obstbäume blühten, trugen Früchte;
schon im 11. Jahr wurden sie nicht mehr geerntet.
Dahinter begann wie dunkle Rauchschwaden
endgültig die ehemalige Görlitzer Heide.

Das Riesengebirge,
nach kraftvollen Gewittergüssen dunkelte es
am Ende der weißen Blickschneise
vor unserer Veranda herauf.
„Riesengebirge, deutsches Gebirge . . .“, sang einer
in blauer Schlossermontur in die angstvolle Stille
des Görlitzer Jugendstilkaufhauses (HO) und stieg
wie im Pilgerzug die frei schwebenden Treppen herab.

Die abgebrochenen Biographien der Kriegsflüchtlinge
über einem Erdboden, der verbarg die unvermittelten
Abbrüche der Gesteinszonen und das gewaltsame
Umschmelzen und Durchdringen seiner Sedimente.

Der allzeit graue Schuster
und ein Sommertag grauen allmählich weg,
kommen zum Ton des Görlitzer Kieselschiefers
mit seinen kristallinen Adern,
um sich bald doch wieder den Grauwacken
anzugleichen unterhalb der Peterskirche.
Gibt es eine präkambrische Stimmung
im West-Ost unserer Gefühle?

Am Grab Jakob Böhmes junge,
sechsflächige Basalte von der Landeskrone.
Die, der harte Kern eines Vulkanschlotes,
bot ihm von weitem Orientierung
bei seinen Rückwanderungen aus den Tiefen Schlesiens
in die rumorende Heimat.

Und das Streulicht der Schusterkugel,
und der Widerschein der Zinngefäße
rückten ihn zur beginnenden Gottheit;
während sein Schuhwerk nur dauernd an der Erde verschliss.

Resonanzen

So überfüllt die Strassen von Wrocław sind,
so leer sind sie im trockenen August in Görlitz.
Man meint, die Muskau vorgelagerten Dünen
zu schmecken. Obgleich kürzlich ein gewisser
Herr Biedenkopf für Autobahnen und Wölfe gesorgt hatte
– Symbole der offenen Gesellschaft –
die selbst sein publicityträchtiger Vorläufer Pückler
noch nicht und nicht mehr kannte.
Als wir die Baguettes beim Böhme-Denkmal enttüteten,
gewinnt uns ein Bambusgebimmel nichts mehr ab:
Chinling im Chunguanshan
am südlichen Zweig der Seidenstraße. In Altseidenberg
begann des Meisters Straße.

Bei Liegnitz

schmähten die überlegenen Mongolen einst spielerisch
die kopflosen Christenheere,
war Hitlers Blitzkrieger Manstein zu Hause.
Heute schreibt hier Grażyna ihre unsterblichen Verse.
Jeder einigermaßen hohe Kirchturm
wird ihr zum Glied eines Geliebten,
an dem sie, sich klammernd, abrutscht
beim Sprung in die unstillbare Lust.

Zwei Waldstreifen im Winkel.
Ein Weizenfeld vor der Ernte.
Leicht lässt es sich da
von Liebe sprechen.

Zwischen Klitten und Kodersdorf

Wie die Rücken von alten Karpfen
gehn die Hügel zueinander
im Weichbild der Teiche, aus
denen Birken leicht Dunst
schöpfen und zischelnd das Glucksen
vertun
mit Blättern, die dauernd ins Leere
fuchteln. Die Menschen sind
auf den Autobahnen.

Hin und wieder
reißt ein gnädiger Wind
Fetzen in den Dauerpegel
der Verkehrsgeräusche,
um Sirenen, günstigstenfalls ein Glockengeläut,
zuzuteilen.

Ludwigsdorf / Verwerfung und Kambrischer Kalk

Wesentliches geschieht absichtslos,
ist nur der Entfaltung der eigenen Existenz
geschuldet und ergebnisoffen. Jakob Böhme nannte das
Ungrund, den Hintergrund Gottes.

Ich folge dem polnischen Maler Waniek
auf seiner „mystischen Reise von
Auschwitz nach Görlitz“. „Gorzę się nam stało.“
Mantras vor sich her murmelnd aus der Tabula smaragdina
zog Mikołaj z Oświęcimia die Via regia entlang.
„Boże coś Polskę“. Böhme schaute auf und schrieb:
„Der Feuerschrack öffnet den Ungrund der ewigen Freiheit
in die Finsterwelt und wird zur Quelle der unerforschlichen
Liebe“.

Als Schlesien lichterloh brannte
von dem Feuer, das heimlich in Auschwitz begonnen hatte . . .
mit dem letzten Rauch verzogen die Deutschen.

Im feuchten Dunkel der Krypta der Breslauer Matthiaskirche
fand ich den Komponisten Mietek Litwiński damit beschäftigt,
den Knochenmann des Angelus Silesius vor sich zurecht zu
legen.
„Wann steigt die Erd empor und wird zum Himmel werden?“
Weil allzu realistisch er träumte, erlag der „cherubinische
Wandersmann“
seiner fantastischen Mitwelt.

So scheint mir die Mystik die von der geltenden Vernunft
nicht ausrottbare Sehnsucht der Verlierer zu sein,
nie verloren zu haben.

Am Horizont zieht die Via regia.
Über dem Neißetal öffnen sich Urzeiten zu
schwindelnder Tiefe im Kalksteinbruch
mit eisenschüssigem Ton, Dolomit,
Trilobiteneinschlüssen und der Mächtigkeit
des begehrten Baustoffes.

Anmerkungen: Ludwigsdorf ist ein Dorf an der Neiße am Nordrand von Görlitz im Görlitzer Schiefergebirge. Dort saß einer der Abschreiber der Schriften J. Böhmes. Im wesentlichen beziehe ich mich auf die Schriften Die drei Prinzipien und Von der Gnadenwahl.

Gorzę się nam stało = Es wurde uns bitter, im Sinne von es ist aus mit uns. Ausruf Herzog Henryks II. von Opole nach verlorener Mongolenschlacht bei Liegnitz.

Mikołaj z Oświęcimia (Nikolaus von Auschwitz) – mittelalterlicher Alchemist, der u. a. polnischen Fürsten als Arzt diente.

Via regia – Mittelalterliche Handelsstrasse, die von Köln über Görlitz nach Krakau führte.

Boże coś Polskę – alte polnische Hymne zur Wiederherstellung eines starken Polens.

Henryk Waniek: Opis podrózy mistycznej z Oświęcimia do Zgorzelca, Kraków 1996

Mieczisław Litwiński – zeitgenössischer polnischer Komponist, der sich mit seinem Werk der Mystik verpflichtet fühlt.

Die Hand meines Vaters

Ungefähr
eine Hälfte von viel und eine Hälfte von wenig,
mein Vater öffnet die Hand, die Kinderfinger bereisen
dieses einem abschüssigen Palmblatt gleichende Land
von der Ballung zur Muldung, über Riffelung und Talung,
vorüber an der Andeutung von Jahresringen
zur Verzweigung in die Abbrüche, bis mich, mich der sichere Griff überrascht,
der mich ebenso überraschend wieder entkommen lässt.
Dieses Wunderwerk aller Werkzeuge, das den Hammerschlag führt
aus genau beherrschten Distanzen in die Wucht,
um den Stahl zu härten, die Hufeisen zu biegen und für die schärfsten Klingen.
Das Eisen möchte es jammern, frei aber muss klingen der Hammerschlag.

Meinen Fingern ins Gedächtnis geschmiegt
hält sich die Sanftheit seiner Hände.

Aller Welt Hahnenwaldteich

Als Kind ging ich den Fröschen nach ins Schilf.
Eines Winters, der Schnee erhellte die ganze Nacht,
lief ich zum gefrorenen Teich auf das Eis mit den aufgeris-
senen Schneewehen.
Das Schilf zischte auf von den schneidenden Böen des Ost-
windes,
die Rispen glitten über mein eisiges Gesicht.
Was wollte ich im Schilf unter weißen, aufgerissenen Wolken?
Es gab noch nichts Leeres in meinem Leben.

Die Liste von Kohlfurt

Im Kohlfurter Gleisgewirr, im Ausschnitt kaum unterdrückbarer Heide,
zur Zeitspanne der Signale und Weichen, die schwanken Rangierlichter,
und was verteilt wird in Schlesien, das Schurren der Bremsschuhe,
die Skala der Rangiergeräusche und Kohlestaubregen, glänzende Schirmmützenschilder,
golddurchflochtene Kordeln, goldene Flügelräder, schwarzrote Loks an Wasserspendern.
Die spiegelnden Glaskanzeln der Stellwerke, Reisezüge, Truppentransporte,
die Rotte mit Schmiere auf Wagengestellen, ramponierte Viehtransporter,
letzte Transporte, früher auch Schweine aus Rothwasser . . .

Die Flut der Gepäckstücke, Kartons hier, Bündel dort, von denen, die endlich ankommen müssen,
von denen, die endlich weg müssen. Ein speckiges Regenlicht, eine gleißende Sonne,
verglommene Aschekippen. Die Notdurft in den Gleisen, auf den Bahnsteigen Biwaks.
Am Bahndamm liegt ein Grashalme kauender Soldat. In der Ferne verdunsten die Berge.
Es muss doch endlich jemand wissen, wo es hingeht, wenn es immer ein Stückchen weiter geht.
Der Heizer schaufelt auf dem Tender, behend turnt der Lokführer auf der Lok herum.

Friedenskirche zu Schweidnitz

Die Welt ist mir zu aeng/ der Himmel mir zu klein:
Wo wird doch noch ein Raum fuer meine Seele seyn?
Angelus Silesius

Ich weiß das Leben als Ansammlung von Kompliziertem,
das unkompliziert genommen werden will.

Ein Bau der Bravheit und des Biedersinnes,
der Not zur Hoffnung, welcher die Blicke,
durch nichts zu halten, auf sich lenkt,
– gleich dem, was auf der Straße die üppig schöne Frau
verschenkt –
der die so schmerzlich unvollkommne Heimat
zum Himmlischen Jerusalem erhebt –
mit aller „Handwercks Kunst und Lieb“.
Ich seh im Fachwerk seines Corpus,
die Körpersprache einer Mutter,
der über leicht erhobnen Armen
ein weiter Stoff weich fällt.
Im Innern wärmen Ton und Duft des Holzes die,
die Wärme oft vermissen, und sehr diskret,
doch frohen Farbtons schmücken Szenen aus der Bibel
die Felder der Emporenbrüstung. Zum Tanz gerät die Aufer-
stehung
am Fuß des Pyramidenstumpfes, der als Altar sich aufwärts
schwingt
und von der Orgel wird gekrönt.
So holten sie zu sich ein frommes *theatrum mundi*
zur Zeit als Gryphius' „Cardenio und Celinde“
zu Breslau auf die Bühne kam.
Geblieben ist des Werks Gerechtigkeit,
das Wort, „es konnt nit bleiben stahn“,

der Glaube ging zuerst verloren.
Und um die Kirche wuchs ein Wäldchen,
der Friedhof ist zum Wald geworden,
und alle Toten blieben hier
in dieser Erde und auf dieser Welt.

Cardenio und Celinde

Sisyphus und Gryphius, für diesen einen Reim nehm ich in Kauf den Streit,
wenn Cardenio Celinden, „Wohl dem, der jeden Tag zu seiner Gruft bereit",
nachspricht, „Wer hier recht leben will und jene Kron ererben,
die uns das Leben gibt, denk jede Stund ans Sterben".
Gerade das, um das der Mensch unsterblich ist bemüht
und alles daran setzt, gerade das bekommt er so . . .
Dies Haschen nach dem Schatten
fällt in sich selbst, habhaft und hablos.
Was man nicht achten will,
bleibt und lässt ja gar nicht locker,
nur anders als der Stein,
der immer unbeachtet fällt,
gefährlich auf deinen Kopf zu hält.

Garten für Jola

Der Schein der Rosen
lässt die Wolke welken
überm zitternden Garten
im späten August.

Zum Glockenstuhl wird der Staketenzaun,
als ein Kind mit seiner jungen Gerte
die übergestülpten, braunerdigen
Kruken schlägt.
Sonnenblumen auf Halbmast.
Erdiges Kraut züngelt in die Starre.
Von den Kartoffeln wird die Erde geklopft.
Erde in den Handlinien. Staub.
Die Hand über den Augen beim Aufblick
zum Ślęża, dem uralten Wetterpropheten.

Der Schein der Rosen
durchschimmert die Wolke
aus Staub im Garten
im späten August.

Königshainer Steinbruch

Die Bankungen des Granits, die Rufe der Unken,
Sekunden, die asynchron zu denen der Zeit sind,
eingetaktet wie schlappendes Schuhwerk,
nachdem man wegen der Unken Wasser schöpfte,
in die Erinnerung, erweist sich deren Schieberhythmik
als elementar vertraut.

„Ach Zutabarg! Du schiener blooer Hübel“.
Dieser Sprachklang, geschliffen am harten Gestein, in den
Höhlungen
der endlosen Heide mit dem nischte nie,
aus den Komponenten des Wetters, irden und verwitternd.
Mit den Bloobeerguschen im Pusch rimtippelnd,
kee Prinkl verurschend, sich selbst auf die Schippe nehmend,
harmlos nie für den Nachbarn, nur für die Politik –
seh ich das Kaleidoskop des schlesischen Deutschen.

Zutabarg – der Zobten, poln. Ślęża, lat. Mons Silencii – von ihm erhielt Schlesien seinen Namen
Nischte nie = nichts = doppelte Verneinung wie in den slaw. Sprachen. Poln.: Nic nie ma
Bloobeerguschen = Blaubeermünder; Pusch = Busch bzw. Wald
rimtippelnd = herumlaufen; kee Prinkl = kein bißchen
verurschen = leichtsinnig verschwenden

Ein Lehr- und Bubenstück

Die Gesellschaft zerfällt global in die,
bei welchen Arbeit gedeiht und die sie verteilen,
in die, welche Arbeit haben und in die, welche keine haben.
In die, welche Ressourcen besitzen und diejenigen, die sich
Anteile davon
erwerben können, und in die, die nichts erwerben können.
In die, die Gedeih und Erwerb nach dem Munde reden,
und in die, die sich's vom Munde absparen müssen.
Wie die Bibel mit denen rechnet, denen alles genommen wird,
um es denen zu geben, die schon alles haben, also als solchen,
welche nur die Stellen frei halten für die Besitzergreifenden.
In der Mathematik sind das die Nullen.
Und die lassen sich bequem kürzen . . .
Gott, sagte ich. Ja, der wusste wohl nichts Besseres.
Mit den Regierenden? Ist er sich eins.
Und Teufel? Einer des anderen. Jo!

Arno-Schmidt-Zone
– Lauban – Bargfeld –

Den Pfützen zogen die Regenwolken
Schnuten, aber Samen schlierten
drüber hin im mechanischen Hin und Her.
Wir blieben vor dem verwitterten Zaune zurück.
Im abgedunkelten Spreu der Coniferen
scheitelte sich eine Haarlichtung
um die Stirn zum Niemandsland
am Nichtüber-Flusse.
Kleine Zone, in der nichts im Wege stehen soll.

Skalen am Löbauer Wasser

Auf dem Wege von Weißenberg nach Gröditz
am Rande der Jetztzeit – aufgeputzter Kram,
die Gehöfte hier – das sonnige Bergland der Lausitz
fährt in die Tiefe und das Wasser rennt ihm brodelnd hinterher.
Unter Eschen und Linden kragt in die Schräge gestürzt die
Grauwacke.
Wie in der Zeit und im Schock gefroren,
entkam sie der Umschmelzung zu Granit.
Der Uferpfad tut zur Rhythmik der Lithosphäre
die Kurve meines innern Auf und Ab.
Alterndes Herbstlaub nimmt mich, wie das Maiengrün mich
hergab.
Und du, schwarzäugiges Flüsslein, legst singend und spru-
delnd
die Leerstellen meines Herzens frei:
Meine Liebe, die heiter-dunklen Laute,
nie habe ich sie eingeholt.

So viel an Wahrheit und noch mehr an Trauer,
der Körper ringt, als wollt' er sich zersetzen.
Wir stehen unterm Leonidenschauer,
es blieb kein Wunsch, nur noch Entsetzen.

Und alle Gesten – abgeblühte Kräuter –
die wie Antennen nach der Botschaft spähen,
erstarrt, rührt bitte nicht daran, geht weiter,
der Boden ist Beton, taugt nicht zum Säen.

Wohin es uns fast unbemerkt getragen,
ganz mühelos, die Rechnung schien zu stimmen,
– Wer rechnet schon bei Frohsinn mit dem Schlimmen? –

sind wir sein Wild und lassen uns erjagen.
Und keine Finte reißt uns aus dem Zwange.
Wir sind nur groß gemeint vorm Untergange.

Görlitzer Auslotungen

„Es wäre an der Zeit,
über Görlitz zu reden."
Heinz Czechowski

Eine schwarze Katze trabt
mit weißem, weißem Wustpapier
in der heißen Juli-Nacht
über der Ihren Köpfe im Pflaster.
Soeben winkte der Fahrdienstleiter
(von Charlottenhof her)
einen Kometenschweif durch
mit dem Halteverbotssignal.
Engel auf Flügelrädermützen
proben über der Peterskirche
das funkenstiebende Feuerwerk.
Unerschüttert siebt ein eifriger Stephan
das Sternenlicht für sein Logbuch
in Ghaselen auf ebenso weiße Stoffbahnen
vom Reichenbacher Turm herab
bis zur Kebab-Bude vom stoppligen Jamal.

Jacob Böhmes Haus an der Neiße

„Kein Haus, keine Heimat."
Joseph Eichendorff

Schrundende Brüche
unter der schwindelnden Deutung
am Lichtsturz.
In die dumpfe Phalanx des
Abbruchreifen gewirkt die *Philosophia Christiana*,
finde ich Signaturen,
die Anhäufung von Mergel,
Zinnkraut und Rauke darüber.

Zgorzelec – Dreiradenmühle

Hier am hohen Ufer der Neiße, die Via Regia verlässt die
Stadt,
zwischen den Toren, neben der stinkenden Gerbersiedlung
stand es, das letzte Haus des gerühmten Jakob Böhme,
der sich hier nur noch dem Denken, Schreiben, dem Erklä-
ren widmete.
Des Augustinus Geist – *de trinitate* – war über ihn gekommen
und wie dem einst in Hippo versank die Welt um ihn im
Krieg:
Raubkrieg – Glaubenskrieg – der an die Stelle der gestürz-
ten Engel
geschaffne Mensch. Möchtest du wirklich alles
von Gott herausbekommen? Um ganz abgedreht zu sprechen,
es handele sich dabei um Dasselbe, was uns gut tut und uns
zerstört?

Horka

Die Magengrube aufgeworfen
Blähtönig umschritten
Wurzelverkrallte Parabadie
Unter Zuwurf eines Sela
Beim Einhalten der Wipfelunruhe
Werd ich bewahrt
Vorm Versanden

Versanden
Mit Eichen oder wenigstens
Birken zugrunde gehen
Während das Getier der Zweige
Die Sterne anweht
Verkieseln die Gelenkpfannen
Käme dieses Sandwerk
Einmal ins Rutschen
Wenn eine Gewalt
Das Stundenglas bewegte

Für meine Großeltern

Ein Garten in Rothenburg

Nur ein Feldrand, eine Richtung gegen Uhsmannsdorf.
Schwarze Erdbeeren warteten – war je ein zugänglicher Mund
so reif, ein Auge so dunkel? –
und leuchteten hinüber zu den Reihen Mohns,
dessen taubblaue Rasseln das Gespött der Stare beschwankten.
In aller Mitte das Radial, und darin ein Edelweiß,
so fremd, so seltsam schön unter den Töchtern
des Lausitzer Sandes.
Nur der Mulde einer Schürze bedurfte es,
hinweg zu tragen die Gurken, die Bohnen . . .

Sie folgen einander, der Erde zugebeugt,
deren Krümmung sie sich einarbeiteten,
und die sie nicht wegschickte.

Niesky

Heidelbeergesträuch, zäh, über in den Sand gedrückten
Wegen,
Findlinge Feuersteinknollen, umbändert von seismischen
Zeichnungen.
In der Lichtung deine kleinen Häuser. Keines versperrt den
Horizont.
Von hier aus gelangt einer nur aufwärts.
Wie lange werden wir noch die Schlote
von Christoph & Unmack sehen? Deren warme Holzhäuser
schrieben Geschichte.
Architekt Wachsmann reüssierte erst in New York.
Vom weitberühmten Pädagogium nennt man noch
Schleiermacher und Rudel als Schüler.
Der Zinzendorfplatz, einst ein Rokokonippes
der von Arbeitszucht besessenen Brüdergemeine,
der Raschkes und Jaschkes, Nachfahren wilder und
mordlustiger Hussiten. Wer aber geht heut noch zur Kirche?
Die Wege übers Land führen zur Arbeit in die fernste Ferne.
Das Streulicht der Konsummärkte wird schwächer.
Im Himmel wittern die Unzähligen,
die Sterne, deinen herben Waldgeruch.

Ein Tag weniger im Leben, aber ein weit schönerer für die Ewigkeit

Seltsam, denn vor wenigen Minuten
hatt' ich dich noch nicht gekannt,
bis du drangst als auswegloses Fluten
in mein gedämpftes Schlummerland.
Deine hellen Augen waren Augen
wie ich sie sonst nur auf Ikonen fand,
und die Bögen deines Mundes wurden Violine,
auf der wohl eine Meisterhand
strich betörend diese Melodie –
schöner hört ich meine Sprache nie!
Tief im Kurpark hellte Wolken die Fontäne,
auf dem Wasser „Schwanensee", die schwarzen Schwäne,
und wir gingen, tauschten mehr als Licht und Schatten,
unter Bäumen, streiften später rote Trauben,
licht geweht auf Wegen und Rabatten
begann das Laub den wangenroten Glauben.
Ein leichter blauer Flaum war überm Tal gehisst . . .
Du aber wirst seitdem von mir vermisst.

Weg – nach Niesky

Ach weißt du, der alte Sandweg
mit den Grasbüscheln ist mir ein Leben
nachgegangen.
Wie er sich spaltet nach Wagengleisen
und alle Wetter Farben aus ihm schlagen.
Die Schattenbüschel der Bronzekiefern streicheln
ihm die Wangen.
Da liegen Kiesel, Feuersteine, Wurzelschlangen,
gerundet oder scharf gebrochen,
und feine Gräser, rostende Farne streifen meine Beine,
wenn er mich ins Gespräch zieht beim alten Trotte
müder Schritte, als sucht ich noch immer
meine Lieben, die heut doch so leicht sind,
leichter als der Waldhauch hier.
Aber dort auf der Lichtung, da gehen sie wieder,
ich möchte rufen, seh sie sich verteilen,
bei der Schonung hab ich sie verloren.
Aus Sonnengleißen fallen Farbkreise
in schwarze Dellen vergangener Pfützen.
Und geht ein Regen auf ihm nieder,
dann öffnen sie sich wieder,
die Münder, die so glasig sind.

O grauer Regen, ich nehme warme Kiesel in die Hände.
O grauer Regen, du wäschst mir kalte Steine aus den Händen.
O grauer Regen, du nimmst mir alles aus der Hand.
O grauer Regen, du füllst mit Kieseln mir den Mund.

Tschischerasche Berge

Tschischerasche, wo und was bist du?
(oder: Kleiner Tschischeraschescher Tschuschendschungel)

Sternzeit des roten Weines übers Efeucape
eines Armes von Trockenmauer,
Sternenzeit, letzter lässiger Pappelblätter,
die vorgeschob'ne Wolken sonnen –
Gute Gründe und ein Rotfuchs; Heiderunen
sind nur Schlingerspuren der Herz-Schnecken.
Ich hocke hier scheinbar schon ewig.
Meine blauen Bäume dünnen sich aus,
aber du, nur du, lässt mir Rot zukommen, rotzu . . .
Hasenhakenheide, wir –
längst miteinander verschlungen, befingert, behauptet
und verlaufen als Regenwein über bröckelndem Rhyolith,
der Erde Sprache: Blätter vergehen als Sterne . . .
unsere Haltegeste, so leer, bleibt der Vakuumkraft.

„Am Himmel erschien mir ein Mond
in dämmernden Morgenzeiten; . . .
Sein Antlitz legte jener Mond auf meines –
Ein Wörterbuch such ich seit diesem Tage."
Jal al uddin Rumi

Novembernacht,

wie wir aus dem Restaurant traten,
ich freute mich, dass es regnete,
Regen die Werbung nahezu ausschaltete,
und beim Frösteln, dass wir es gut haben
und nach Hause drängen, wenn auch über
glitschiges, vagabundierendes Laub.
Ein Fünfsterneregen,
und nur das Elend, das keiner haben will,
wird hinweggespült.
Anders als bei den Feuern des Sommers.

Kanon[1]

Weißt du, wie Schilf klingt,
wenn Sonne es zupft
eine Wärmeschicht über
vom Wasser verschlucktem Kältespiegel?
Im morgendlichen Nebelsatz
tauschen ihre Stimmen:
Die Luftklänge mit den Wasserklängen,
mit den Schilfstrahlen die Wassersonne
und Wasserstrahlen und Schilfsonnen . . .

[1] Kanon = altgr. vom babylonischen kanu = Schilfrohr

*

Ich kenne die Tschischerasche Berge immer noch nicht.
Auf dem Wege dorthin überschlug sich der Spritpreis:
Tank leer, Konto leer, Lage sehr prekär.
Ich kaue den letzten übersüßen Pulsnitzer.
Was, Erdöl hat es dort keins? Erdwärme? Gänzlich unrentabel.
Na toll, die Sänger von Finsterwalde sangen auch nie davon.
Wahrscheinlich gehört die Moräne nach Schweden,
und wir müssen sie eines Tages zurückgeben
wie die Nofretete und so –
der zischelnde Wind, der sich herumtreibende,
um Tschischerasche, um Weihnachten,
darfs nicht gewesen sein.

Da, die Erleuchtung, die wolkenfetzige,
taubenfarbene, weißichwoher, o große Freude,
WIRZAHLENFÜRARBEIT, macht mich frei.
Ein Showmaster hält an, lässt seinen Wagen, wir gehen,
wie Jesus, meint er, zur nächsten Dorfkirche
und hält die Sprache an mir – arbeitsüberlastet.

„Ich bin der, den die Menschen wollen,
und sie saufen bäuchlings unter frenetischem Mitgehen
ihresgleichen
mit den Hunden um die Wette.“ „We shall overcome.“
Ein zutiefst . . . Appell an die Terroristen.

Tschischerasche, bist du
etwa die leere lange Flaschenreihe
vor meinem nächsten Einkauf?

John Cage ***Etudes australes***

Der herbstliche Friedhof. Eine im hellen Mantel blendete ihr
Licht ab
(sonst hätte ich nichts bemerkt in endlos banalen Ähnlich-
keiten)
und schnitt sich in den Luftkreis. Ich vernahm
gerade noch sich schwärzende Farbstufen, punktuelle Mar-
kierungen
hauten dazwischen Unrast, bis Leerstellen mich sanft streiften.
Immer wieder greife ich aus vollen 4 Dimensionen nach
assoziativen Halten.
In mir verklingt und steigt das stetige Verklingen, den halt-
losen Finger auf ein DU gerichtet –
zahllos haspelnde Lautpunkte und mein zurrender Mittelpunkt.
Die lieblich fallende Terz, das Wiederholbare, wird zum wert-
losen Erinnern, die Töne emulgieren im nur abgerichteten
Ohr: aus dem Ohr, aus den Sinnen –
Stränge eliminierter Harmonie, Striche ohne Land, Flecken
ohne Wasser,
unprojizierbar, unkenntlich, bis ich
nackter als nackt – eine 0.1 (Null. Punkt. Eins.) bin.
Das Abendrot springt von der Friedhofsmauer.

*

Beim Vorwärts im Zurück ankommen

Letzte, unumschiffbar gedachte Klippen,
vor die der Strom uns reißt,
das hinter uns liegende Rauf und Runter,
das harte Land, verstrüppte Wege,
das Lasten-Schleppen, das Biegen und Brechen.
Nun tragen uns Strom und Last
dorthin, wo der Himmel unter uns umarmbar scheint,
ja, wo das erst beginnt, was wir verloren gaben.

Hans Pfitzner sondert das Opfer seines „Christ-Elfleins"[1] aus

1944. Leider zu spät die „Krakauer Begrüssung"[2] à la Polonaise. „Respice finem",[3] stand schon auf der Tagesordnung, eingemeißelt überm Eingang zu den Königsgemächern des Wawel. Der Generalgouverneur, von Operettenzuschnitt, ließ sich nicht lumpen. Auch der Hauptmann im Riesengebirge, der Strauss unter der Zugspitze brauchten immer was. Die vermehrt nun „deutsche Seelen"[4] holenden Engel waren schließlich seit Jahren ausgebucht. Mit dem sich übervölkernden Himmel ging derzeit kein Geschäft, es sei denn vorab über den Vatican (gegen den Bolschewismus). Die Geschichte schrammte, kollidierte, zermalmte – „schlug zurück"[5]. Wohin jetzt?

Zieh durch eine verwilderte Welt sonderbarer Liebeserfüllung . . .
Zieh durch den ausgetüftelten, fein ziselierten Tonsatz mit feinst erhörten Effekten,
wie mit Stahlkufen über eisengesättigten Blutboden . . .
Die letzte Schlacht aber gewinnt stets das Triviale.
Dann zeigt sich die wunschfromme Reinheit des Narziss
als das Gebrechen, das sich, unempfindlich,
aufhelfen lässt vom Verbrechen.

[1] Oper, op. 20. [2] Orchesterwerk, op. 54, für Polenschlächter Hans Frank. [3] = Bedenke das Ende. [4] = „Von deutscher Seele", op. 28, „Eine romantische Kantate" von Pfitzner. [5] = „Führerzitat", in einem Aufsatz für den „Völkischen Beobachter" von Pfitzner verwendet.

*

Wo morgendlich der dunkle Strom ins brache
Licht sich enteist, die weite Schneise, die ihn quert,
zoomt über den Dunst ihr sonst kaum fassbares Ende
zur Mächtigkeit heran: In Kaskaden wälzen sich
schneehafte Wohnblöcke ins Eistal.
Die Bäume scheuen wiehernd – ihr
auffliegender Vogelschwarm – verebbt . . .
wie ein Sägeband legt sich Verkehrslärm an.
Die flache Diskontinuität, Läufer, Hunde, Radfahrer und
platzende Tropfen aus den Baumnarren, bordet
ins paramorbide Gleichsein.

„Ohne dein Wort hat die Seele kein Ohr –
Hat keine Zunge sie ohne dein Ohr . . .“
Jal al uddin Rumi

Durch alle Raster

JA! Ein Leben lang hab ich schließlich darauf gewartet,
zusammengepfercht, angekettet, eingesperrt,
aufmüpfig, zornig, einsichtig –
ich hab mich mit den Ketten gefoltert, schwer verletzt –
erlahmt, eingeschlafen, aufgeschreckt:
es gab einen wirklich netten Wechsel des Wachpersonals,
neben mir brannte die Stearinkerze,
schicke neue Uniformen, vom Material her viel bessere Ketten
und Aussichten und Informationen und, und, und . . .
dass dieser schlampige Wärter angelatscht kommt,
endlich Farbe bekennend, räuspernd verkündet: Trotz aller
ihrer gewiss berechtigten Eingaben, Bittgesuche und ver-
ständlichen Proteste müssen alle mit ihrem Fall Befasste
schulternzuckend
feststellen die eigene Unzuständigkeit. Andere Exekutionen,
das dürfte ihnen bekannt sein, stehen derzeit
rein gesetzlich nicht zur Verfügung.

*

Ich erhielt eine wunderschöne Ansichtskarte.
Ansichtssache, träumte ich. Die Schrift?
Dornröschen, reimte ich mir zusammen, denn
Rosen über Röschen quollen durch und über
eine Holzbarriere vor einer im Dunkel weit
offenen Haustür. Nichts Beton, Stahl, Drahtverhau
und fertig. Wie, sann ich weit zurück,
wurden Dornröschen und Unbewusst befreit?
Aber wozu auch? Anmut ist Einladung zur Unfreiheit.

Stille,
die der Schnee zaghaft beschreibt.
Und ein Stück Erde dunkelt nach.
Stille,
in die der Wind sacht Kurven biegt.
Schicht um Schicht sinkt in sich,
als wenn deine Hand auf meine
und meine auf deine sich legt.
Eine Kerzenflamme pendelt den Atem aus.
In die Fenster sinnt die Wiese,
selbst zum unbeschriebenen Blatt geworden.
Stille,
um die Spuren der Katze.
Und Schlafspuren in sich biegenden Bäumen,
Geheimgang zum Verlorenen.
Schnee, geh und weh,
ein Hauch über
Stille.

Was es ist

Dass es am Morgen begann, das Fest, meinten wir den gerö-
teten Steinen
der Äcker abzusehen. Die Bodenkrume glänzte fett. Eine
Schnur Schwäne peitschte,
dem Himmelsgrau voraus, die tragende Luft. Der Duft der
frisch geschlagenen
Fichte haftete uns an. Die Kirche erhob sich. Später wird ihr
bronzenes Glockengespann
alle heranziehen, die sich aneinander drängen wollen und
ausrichten nach einem Spalt Licht.
Uralte Signale werden gesendet. Stufe um Stufe. Bald, als
wollten sie ihre Köpfe an die Leiber von Tieren halten und
sich an ihrem Fell reiben, werden aus ihrer Mitte heraus
Laute ausgestoßen und reihum aufgegriffen. Anschwel-
len und Abschwellen, bis alle ihre Stimmen erhoben
und vermischt hatten. Von dieser Tränke ihres Ur-
sprunges gestärkt, lassen sie voneinander ab und
wenden sich unter fröhlichem Glocken-
schwingen von oben
ihren Plätzen zu.

Was andres bleibt übrig?

Bleich ist die Liebe geworden,
dass sie kaum vom Schneegrund abtönt.
Ein Rinnsal reißt den Wegbelag auf.
Ausweichen an einem Stück Hang.
Die Rindenwülste splitternder Pappeln,
über die meiner Finger Gedächtnis glitt.
Schnell wachsendes, schnell brechendes Holz.
Die Hände wieder in Manteltaschen . . .

*

Die Silhouette der Stadt jenseits der Grenze.
Deine Silhouette vor den Fensterbögen zur Grenze,
sich ausschneidend aus meinem Schatten.
Durch uns tost der Fluss aus Rumis Liedern.
Greifbares entflieht, bevor es genannt wird.
Rückkehr: Es ist in den Stein gegangen.
Allüberall ist es in den Grenzlandschaften,
in den Diskordanzen des Canyons.
Ich wehe aufwärts, vergänglicher Schnee,
zu den Rissen deiner weißen Skulptur.

„Gott Dank, dass dein Theriak stets
bei uns ist, da wir ja auch
das Gift, das jedermann trank,
getrunken ohne Verstand.
Als aus jenem Strome der Welt
das Wasser plötzlich versiegt',
Da zitterten bang wir, gleich wie
die Fische auf trockenem Strand."
Jal al uddin Rumi

*

Nachdunkelnde Wasserspiegel gefüllter Gräben
zu der kahlen Weite des Sees.
Die bereiften Überreste an Goldrute und Melde
und das Maßwerk der alten Karde.
Der erstarren lassende Luftzug in der Runde
zum sich wölbenden Zuruf der Gänse.
Der rauchige Geschmack der Hagebutten.
Zueinander gefügte Handwölbungen
an den Zügen meiner Sehnen.

*

Wie du durch den Schnee kommst,
da hol ich mir doch gleich die Apfelblüte
zurück oder voraus mit dem Föhn.
Dein kirschfarbener Handschuh weist zum verlöschenden Tag:
Wellender, durchlässiger Wolkenstoff von Purpurgraublau,
zu klein für die Mundschwingen des Horizonts,
der die Augenbrauen düster hochzieht.
Wenn wir uns einen Weg trauen
durch das schwarz gestrichelte Baumland,
dann kann der, auch für Hundeohren,
für neu gelten durchs Gebelfer ihrer Freuden;
aber auch dahinter kommst du nicht.

Vaters Schuppen

Bevor ich auf die weite Welt kam,
kroch ich herum in Vaters Schuppen aus rotbraunen DR-Waggonbrettern:
Briketts links, Holzscheite rechts, von soldatischer Ordnung
zu edlen Zeilen gestapelt. Werkzeuge aller Art hingen
an der Wand und Stricke, Kabel, Kordel, diverse Schläuche
und ein schepperndes Kochgeschirr.
Dosen, Zigarrenkisten mit exotischen Bildern, randvoll mit
Nägeln, Haken, Ösen, Schrauben, Schnallen, Dübeln, Ventilen.
Ein Fahrradrahmen und unter ihm füllten
Beile, Spaten, Schaufeln, Besen, Rechen eine Ecke.
In der anderen der Leiterwagen. Über allem schwebten
auf dem Hängeboden Bretter, Latten, und Rohre.
Von der Hobelbank gerutscht Puppen- und Spielzeugteile,
an der Innenseite der Tür, an Nägeln, eine Schürze, eine alte Armeejacke,
ein zerbeulter Hut, Koppel und Gurte. Gelegentlich
roch es nach Knochenleim, Öl und Farben.
– Alles in allem eine Arche für den Gott in der Katastrophe.
Aber sonst alles nur Wegwerfbares, wie ich dachte,
der ich mit den neuen Sachen von Weihnachten spielte.
Was sollte ich nur vom Ernstfall denken?

*

Wir waren derer 5,
dann 3
und schließlich ganz einzeln.
Doch jeder Einzelne war gezeichnet von Geburt an
von den Spuren der Liebe, die da sind:
XYXYXYXYXYXYXYXYXYXYXYXY.
Einzeln versuchte den Weg vorwärts,
immer, Ballast abwerfend und aufnehmend, vorwärts,
soweit die Welt rund ist – im Leben geht es rund.
Und deshalb, wo kamen die schließlich an? Das ist nicht
geheuer!
Nun ja, bei dem, woran sie sich schwer erinnern
wollten, ja bei dem, von wo sie loslegten, bei dem, vor dem sie
weggelaufen waren. Und das Leere (dort drinnen)
war gar nicht zu beherrschen.

„Die Rose ist die Lachende; wenn sie nicht lacht,
was soll sie denn?
. . . .
Mein Herz, das durch den Gram um dich
zur Harfe ist geworden,
wenn es nicht tönt, wenn es nicht klagt, bald wild,
bald sacht,
was soll es denn?“
Jal al uddin Rumi

Einsehbarer Zeittunnnel

Gestalt im Gestaltlosen, wiedergegeben
durch scheinbare Farbidentität im Bilde:
Das weiße Ei steht aufrecht im reinen Schnee.

Ein eitler Gag des Malergenies vom
Bauernkriegspanorama bei Bad Frankenhausen?
Ein letzter Gruß der einst zwangsbefreiten und nun
zusammengebrochenen sozialistischen Gesellschaft?

Die Auflösung des fiktiven Bildes in die Wirklichkeit
geschieht wie immer ganz banal:
Das kalt gestellte Ei kann sein Leben nicht entfalten.
Der Schnee vermag nicht, während der Schmelze
seine Reinheit zu bewahren. Tiere kamen, zerstörten das Ei
und fraßen es. Seinen leuchtenden Schalen blieb
noch eine kleine Zeit, eh sie zu Erde wurden.

Und dennoch – jederzeit wird der Schnee mit dem Ei
die Sinne bestechen und mit Abstand jeden
Schönheitswettbewerb gewinnen – wie die reine Wirklichkeit
nicht aufhört, blindlings zu zerstören.

Unter Winter am Brocken

Der graue Stausee der wütenden Ecker aus Feldpostzeiten,
ein kalter Friedhof ohne Geschwindigkeit.
In der Böe schnattern Schatten zu mir herüber
und schrecken sogleich zurück zum Ebenmass
des sich kräuselnden Wassers.
In den Gneiswänden des Tales aus grauen Frühzeiten
der Erde ohne Leben hält sich das Leben verbissen.
Übergaben von Gräsern in bräunlichem Wintergelb
und Rotintarsien an bereifte Becherflechten –
Metaphern – auch zwischen den Gneiszeilen
und den Bögen des Torfmoses im Grund
und den unentwegt aufsteigenden Baumpilzen.

Du gibst das Wort mir
in der Abwesenheit, die mich umfängt,
Du, Jal al uddin Rumi.

Nähe

Das Rauschen des kreisenden Federrades
sich balgender Tauben am Giebelgesims,
nah den leuchtenden Galerien des Kaufrauschs,
nah dem Rauch der Imbissmeile,
nah den Blumen, Zweigen und Früchten,
nah den tretenden, stehenden Füssen,
nah dem Gewesenen unter dem Pflaster,
und zwei, die sich an Händen,
und zwei, die sich an Kragen
zu fassen bekommen.

Parcours

Bleib, du mein Angewehtes,
einen Schattensprung im treibenden Grauen,
Hyperbelzug, fast Mundung,
fast Marker für Herkunft unter irisierendem Blauen.
Als wiche es fahrigen Händen aus,
bäumt sich das flutende Vogeltuch,
das nur dem Himmel hinterherweht,
einem eisigen Daunenhäscher,
hinterher . . .

Zwischen den Pflastersteinen und rußendem Himmel,
versenkten unregulären Kuben und Verfliessendem
bestelle ich mein antiphonales Feld,
stellt sich mir der sattgrüne Lattich zur Seite,
zerreißt sternenstrahlend ein Schneegestöber
und weist mit den starren Blättern in für die Gegend
ungewöhnliche Richtungen – ungeachtet all dessen,
was für mich Hindernisse sind.

Ein Kastanienblatt finde ich in den nassen Asphalt gedrückt,
die entleerten Bäume machen ihre Krankheiten vergessen,
auch der Fluss unten ist leer, reines schwarzes Wasser.
Aber wohnt denn niemand in seinen sich spiegelnden Ge-
mäuern,
wirft niemand unter seinen Spiegeldächern die Türen,
geht niemand aus dem Haus? Nein. Alles geht ohne jemanden.

Du hattest im Dämmer des Raumes Platz genommen.
Große Glasflächen schirmten etwas gegen die Kälte der Straße,
nicht gegen deren Aufdringlichkeiten. Ein Adventsgesteck.
Der Ober entzündet die Kerze, die ein flackerndes Schatten-
spiel beginnt
und in deinem Gesicht die Fahrgeleise deiner Stimmungen
modelliert.
Was Wunder, dass ich beim Lesen immer wieder
zwischen die Zeilen gerate.

Eine Welt

Unter einer Schneekruste beugt sich der harzende Kirschbaum.
Weißt du noch, murmele ich, und schmücke ihn am Wiesenhang
weihnachtlich mit dunkelroten Kirschen aus dem Feinkost,
die bald eine glänzende Eisglasur bekommen Die Fotos davon
maile ich weitgereisten Freunden. In der Christmette
werde ich gelobt, dass ich mit meinem Beispiel Arbeitsplätze
in der südlichen Hemisphäre sichere.

Im Bilde

Ihre Wut kochte über in ihrem verschneiten Tal,
und so machten sie sich auf, bis an die Zähne
bewaffnet, am frühen Sternenmorgen nach jenseits,
wo seit einiger Zeit Fremde sich breit gemacht hatten
und unbekümmert in den hiesigen Fisch-, Wild-
und Weidgründen schalteten und walteten.
Es war ungewöhnlich kalt. Der Schnee knirschte
förmlich mit Zähnen, und sie hatten noch kaum Worte.
Alles sonst wirkte verschlafen. Auf einem Platz
zwischen Hütten und Zelten sank gerade das Feuer in sich.
Hunde sprangen kläffend herum. Für die Schlafenden zu spät.
Die bösen Geister machten sich über sie her und grölten, hauten, stachen,
sägten und schlitzten und trampelten, wie es ihnen immer besser einkam.
Da war ein junger Held, mit eigenen Händen erwürgte er Alte und Babys und
welche, die gleich seiner Mutter waren, und welche waren gleich seiner Liebsten,
die kotzten und würgten und mit den Körpern die Erde schlugen, über die
das Blut rann wie Badewasser. Niemand sollte fliehen dürfen.
An allen Ecken und Enden brannte es schon. Das Vieh rannte zum See.
In dem ganzen rauchigen Drunter und Drüber, wo der junge Held Kraftakt an Kraftakt
reihte, er hatte grad wieder ein Baby sich gerissen, sprang ihn rücklings ein
weibliches Wesen an und versuchte ihm die Gurgel zuzudrücken. Er liess
das Baby fallen und erkannte seine Erwählte, seine wahnsinnig Geliebte,

etwa 13 Jahre alt, die sogleich das Baby aufgehoben und
fest in die Arme
genommen hatte und zu allem entschlossen wirkte, bevor sie
sich davonmachte.
Nie mehr hat sie dieses Kind hergegeben.
Der Held nahm sie mit dem Kind zu sich und schützte sie
vor allem.
Sie hatten zusammen noch eigene Kinder. Das gerettete
verliess aber
als Erwachsener die Siedlung und begab sich in die weite Welt.
Es ging von ihm die schöne Kunde, auch er habe noch diesen
und jenen Erbärmlichen einfach so gerettet.
Aber seitdem ergibt es sich immer wieder, dass da welche
sind und die Lage herstellen,
in der die, die retten wollen, zum Zuge kommen. Und beide
sollen seit Urzeiten nicht
voneinander loskommen.

Die Stille der Katze

Die samtige ist eingenickt und hält
alle Viere empor in die Dämmerstunde.
Was ist das für eine Kirche?
Es schnurren die Uhren.
Vom Umgang der Türme tauen die Töne
zu des Pezelius Intraden aus dem windigen Bautzen.
Und rundum die Stadt scheint eine Laubsägearbeit zu sein.
Mir fallen alte inkrustierte Karten ein in einem der Kartons
neben dem Weihnachtszeug. Regen sinkt
von den Dachhöhen zu den Baumhöhen,
von den Schirmhöhen in die Tiefungen des Pflasters.
„Wir haben auf Schnee gehofft“, ein wenig langsamer
gleiten die Hände voneinander, „aber im Oberengadin
schon etwas gebucht.“ Es gibt keine Zeit
für Programmlücken. Die Katze schreckt vor dem
Regen zurück. Sie wird die Tage schwarz schlafen.

Eins ums andere

Hier dieser Stein aus dem Rotliegenden
hat eine Geschwindigkeit in der Zeit
von ca. 280 Mio. Jahren. Es gibt noch weit langsamere.
Der ist schön rot und trägt fossile Spuren primitiven Lebens.
Ausgerechnet ihn aber warf dereinst bei einer Wirtshaus
schlägerei
der Hirte David, mit entsprechender Beschleunigung, dem
Goliath an den Kopf.
Nicht aus Fremdenhass. David liebte, bevorzugte reiche Fremde.
Er hatte für sich und seine Kumpane offen stehende Rechnungen
in allen Wirtshäusern, auch die Huren wollten
endlich Geld sehen. Sollte er sich verkommen lassen,
der größte König Israels und Stammahne von Jesus
aus Nazareth? Und Schutzgeld zahlende Wirte und Huren
ins Unrecht setzen?
Werbegig: Alles für Euch – unsere Schäfchen!

Weihnacht

Die Zweiglein, vom Tage Sankt Barbara,
die sind nicht alle im Krug erblüht.
Sie blieben dürr, sie blieben dürftig,
nur einer hat es zur Fülle gebracht.
Wir hatten uns bemüht.

Schilfstreifen vom See ergießen sich wie Trecks
über die Eisspiegel, streuen ihr schmutzig gelbbraunes
Licht, sind manchmal gekippt, geknickt oder
kopfüber versunken, manchmal kopfüber sich rundend
zum in die Starre gebundenen Ährenhain, den Luftzügen
eine scharfe Syrinx gegenüber der Lautlosigkeit ihrer
Schneeschuhe.
Das ist die unentwegte Landnahme des Schilfs.

Skål, Fritze, skål

Deine Straße schaute ich heut früh hinauf,
bald ist Weihnachten und ein Friedhof die Stadt:
Schwarz-weiß stand oben über der Querstraße
die übliche Wolkenschichtung und verkippte Regen,
aber ein krummer Finger Morgenröte war da auch,
rechts, ziemlich oben. Hausfassaden, wie vom Konditor
hingelegt.
Scheinbar suchte der Wind etwas Verwirrbares, vielleicht Haar,
bei einem, der mit der Fahrradklingel nach seinem
gestohlenen Fahrrad rief. Wie hättest du gelacht, Patriarch mit
6 Kindern! Du warst ja immer auf dem Sprung und rausch-
test dahin.
Wem hast du nicht alles auf den Sprung geholfen,
eine, nur eine, Notlücke zu überqueren. Die Spirale
drehte sich, je nachdem woher das Licht eintraf, nach unten,
nach oben.
Nicht erwischt werden. Der konspirative Verschwörerclub,
der die Stasilisten lancierte, die Lust des Robin Hood und dann
der Alkoholdämmer – „Mich hat es erwischt“, hauchtest du
zu mir im Gemüseladen über die Schulter, Zigaretten
und Rotwein in den Händen, den du zu Hause
in die Magensonde spritztest. Man hält aus,
aber doch nicht durch . . .
Wir haben dich umringt und, das hast du nicht mehr mitgekriegt,
wir haben uns zu dir gestellt, wissend, wenn auch wir kom-
men müssen,
wirst du der Engel sein, der Villon und Bellmann singt,
alles auswendig, und wir werden mit dir anstoßen und die
Rückkehr planen.

. . . oft sinnt, über den Fusstritt/
Ein gross Schicksal/ Bereit, an übrigem Orte.
Hölderlin

Die Bäume um den gefrorenen See sind gepflanzt
vor zwei Weltkriegen. Nur Birken und Pappeln
kamen nach der Landnahme durch die Rote Armee.
Im Eisspiegel hängt ein Karpfen fest, die vergänglichen
Spuren der Schlittschuhläufer überlagern die Wellenzüge,
in die eingegeben sind die Informationen der Schatten der Flügelschläge
von Vögeln und Insekten wie die der aus den Höherem fallenden Tropfen.
Wie lange kann ein See bestehen, ohne an Überinformation zu verlanden?

Fragment eines Psalms

Es sind die Berge, von wo wir hinaufschaun zur Feste. Zion,
der malmende Leviathan aller Bedürftigen, wo sie
ihre Neugebornen sonnen und ihre Leichen
einkellern. Keiner, der ausgeht, ohne ein Terminator
zu sein, gelangt an sein Ziel. Es sind die betörenden Lichter
der Davidsstadt, die Düfte, die noch jeden einfingen.
Es sind die lang ersehnten, unendlich wohltuenden, weise
gesetzten Worte ihrer Lieblinge, die den Anschein
erwecken, es wäre zutiefst gewollt, bedürftig zu sein.
Wir möchten durch eure Regenbögen wandeln, an euren
Springbrunnen, Blumenrabatten uns satt sehen können, eure
Freundlichkeiten und Lust am Verstehen genießen. Nehmt uns,
gebt etwas Begrüßungsgeld, bitte, damit wir nützlich aufgehn
in eurer Konjunktur . . . Nun folgt ein klarer Hinweis:

Zuerst solltet ihr einmal unser Auswahlverfahren
kennenlernen, benannt **Die Apokalypse**. Dessen
Grundlage stellen die in den Passionen der Evangelisten
dargelegten Methoden der Zuverlässigkeitsprüfung.
Praktisch aber ist seit den Tagen des Königs David
nichts hinzugekommen. Alles ist gediegen,
wie die Geschichte des wahren Gottesvolkes es zeigt.

Besitz ist Staatssache, insoweit die Besitzenden
der Staat sind. Neiddebatten sind aussichtslos, handeln,
sofortiges Handeln ist oberstes Prinzip. Passwort:

Für unsere Sache. Das Servicepersonal wird
wegen seiner Freundlichkeit, Offenheit, Auskunftsfreudigkeit
gerühmt. Es heißt, nichts kann darüber hinausgehn. Lässliche
Lücken sind bekannt und werden nach Kräften geschlossen.

Nichts von den Schrecken des Auswahlverfahrens ist ohne weiteres
sichtbar. Es geht locker zu. Wellness, Comedy, Talkrunden,
Spiele, ein gestyltes Klima, unmerklich rutscht man
hinein. Monitore bringen die Bibeltexte.
Keiner erfasst, wie er gleich sich nicht mehr selbst gehört.

Geh nur, Fremder, mach dich hindurch, lass sie auflachen,
sie probieren nur, ob du ablenkbar und spaßig
bist, ob du schussfest und brennbar bist. Spielverderber
werden garantiert ohne Aufsehn entsorgt. Dabei wird die äußerste
Diskretion gewahrt und eine peinlich korrekte
rechtsstaatliche Haltung. Prekäre Verhältnisse sind nicht möglich.
Es gibt sichere Wahlen, eine Opposition, die
setzt sich klar durch Styling und Design ab.
Jeder benutzt strikt seine eigenen Handtücher – Ghostwriter
sowieso. Verstimmungen rücken sehr populäre
Schauspieler, Kabarettisten, Bonusrocker, Mode-
ratoren und Geistliche auf den Leib. Die Abfallbeseitigung
geschieht dank wissenschaftlich-technischen Höchststandes spurenlos.

Gedenktage, Betroffenheitsübungen sind im Kalender verankert
und werden multimedial vermittelt, denn der
vornehmste Grundsatz ist Meinungsvielfalt und -freiheit. Ein

freundlicher Beamter tritt ruhig auf uns zu,
die wir vor der Mauer wartende Antragsteller sind:
Wir sollten wissen, dass hier die Sieger im Todeskampf
gegen den Terrorismus herrschen.

Aus dem Wege . . . ins Gleis

Sepia, Umbra, Tätärä

„Sag mir, wo die Schreiber sind“?
Marlenen in den Mund gelegt

Liturgie

Kein Verbot abschreckender Denkweisen

Der uns aufgezwungene Krieg gegen den Terrorismus
geht weiter bis zur Durchsetzung maximaler Sicherheit.
Die immer wieder aufflackernde demagogische Neiddebatte
lässt nach dem unerkannten Terroristen in uns suchen.
Müssen aber nicht die endlich einmal bekämpft werden,
welche den Terrorismus fabrizieren und herbeirufen,
weil ihr höchstes Gut ihre grenzenlose Freiheit ist?

Spätestens, wenn wir kein Geld mehr haben,
fliegen wir auf. Die Solidargemeinschaft,
wie kommt die dazu, immer ihren Kopf hinzuhalten?

Berechnung von Liebe

Ich gebe dir von den Perlen meiner Minuten
die 1., die 5., die 23. und die 77. usw.
und nehme mir deine 1., 2. , 17., 90. usw.
(So lange halten wir schon zusammen!)
Wir lassen sie funkeln und denken ihre Intensität
in Tage, Wochen, Monate, Jahre um.
Je nachdem gehen wir dann zum Juwelier
und ordern nach.

Adam de la Halle:

„Je me cryais autrefois près du réconfort,
Mais plus je l'ai pourchassé, plus m'a fui."

Lang habe ich um Trost gebangt,
aber umso mehr ich mich bemühte,
umso mehr versenkte es mich auch.

Der Rückhalt des Stellvertreters

Die Menge segnend rollte leise auf seinem Papamobil
und Gott anheim gegeben unser Papst übern Petersplatz.
Seine höllisch wachen Leibwächter fielen indes hinter seinem Rücken
Gott oder seinem Teufel in den Arm
(das ist manchmal ununterscheidbar),
und brachten einen jungen Mann auf,
der leichtsinnig für eine kurze Strecke
eine Mitfahrgelegenheit gesucht hatte,
und die Kirche um eine grosse Vergebungsaktion.

Weiter, weiter . . .

Der Schrägstart des dunklen Vogels in den quecksilbrigen
Januartag und die Saumseligkeit einer Regenwolke
vor dem Lichtstreif; es flirrt der Zaunkönig nieder.
Fassaden entkernter Häuser brillieren in Pfützen
und Maigrün unter den Sträuchern.
Wolln wir jetzt wirklich den Frühling einfordern,
weil es keinen Winter mehr hat?

Das Eigentliche

Wir hatten das und das gründlich missverstanden,
aber es hat uns erst einmal weitergeholfen,
denn wie sich herausstellte,
wussten wir sowieso nicht,
was wir eigentlich wollten.

Die Liebe fällt ein, wie ein Fasan sich
aufreizend ins Unterholz beeilt. Gebannt
folgen ihm die Blicke der Spaziergänger.
Von meiner regenfesten Kleidung
rollen funkelnde Wasserkügelchen,
einen kalten Unmut zurücklassend.
Ich hab mich für meine Lieblingsvorstellung
gerädert. Besser, ich schützte
meine Haut gegen innen.

Freue dich endlich,
lies nicht die Mitteilung noch einmal,
versende deine positive Antwort.
Du wirst sehen
die Zeit vergehen,
aber nie dein Dunkles.

Über den Saalegau
zwischen Leuna und Bad Dürrenberg,
erinnernd den Hahnenkamm, fackelt
sauber die Fackel von Leuna. In geschichtlicher Zeit
roch es noch und beißendsüß nach Arbeit.
Aber die Lüster des neuen Werks spiegeln nur
sich selbst, ein nie endender Weihnachtszauber.
Die leere Nacht – fliegt in die leeren Schöße der Schlafzimmer
der rekonstruierten Puppenstadt – Kaffee, geweißt vom Dämmern,
ein aufflackender Bildschirm: **Spergauer Lichtmess**.

In der Dorfmulde scharren ungeduldig, die heute Vögel oder Küchenpersonal sein wollen
und ein schräges Schnabeltiergespann pflügt den holprigen Weg.
Vom hohen Ross ruft der befrackte Registrator Namen in Nacht und Wind,
und ein vielstimmiges Hier äfft zurück: *Konrad Sausebraus*! Hier!
Julius Huckebuckel! Hier! *Rosemarie Stoßmichnicht*! Hier! *Annegret Schlickschluck*! Hier!
Zum Anbändeln flattert der bunte Läufer, der Frühling, umher.
Die Funken rasen zum Holzplatz, entzünden das Feuer und stieben wieder auseinander.
Den Erbsstrohbär reißt es in die Luft, seine weiße Asche baumelt am Himmel.
Anschwärzer schleichen sich an und die Pritscher streichen
so manchen prallen Hintern. Plötzlich jagt das immer bockende Gespann
durch die Glut. Und mit weitem Sprunge übers zerrissene Feuer
setzt das Gefolge dem auffliegenden Morgen nach.

„Gegen soziale Hängematten“ – Exaußenminister Genscher

Im Traum hab ich Stiefeln gehört,
auf und ab.
Das hat mich pötzlich aus der Wiege gerissen
und ganz und gar an die Wand geschmissen.
Später am Küchentisch hab ich meine Brocken geschluckt.
Später hab ich mich die Tür hinter mir zuwerfen hören.
Später hab ich meine Tritte schlurfen gehört.
In der Jackentasche knisterte mein Einberufungsbefehl.
Dann stand ich im langen Korridor ohne Sitze bei der ARGE,
wurde in eine Tür gerufen
und fiel und erwachte.
Gottseidank ist ringsum Friede und Freiheit.

Nach mehreren Petitionen und Nachfragen
erhielt ich eine Vorladung zur Arbeitsagentur
und kam dort vor dem Schreibtisch
meines ehemaligen Politoffiziers zu stehen.
„Genosse Leut. . .?“ „Kommen wir zur Sache!“
Mit einem Ruck saß ich und fühlte mich
angekommen
im wiedervereinten Deutschland.
Ah ja, dämmerte mir, hatte noch einst
meine Bundeskanzlerin, die Parteichefin,
als ihrerzeitige FDJ-Sekretärin geschworen auf
„die zutiefst humanistische Position der Partei“.

Aber doch nicht zu Hause, Leute!

Die Kenianer – im beliebten Safariland –
erweisen sich gerade jetzt als äußerst freiheits- und
demokratieliebend. Die internationalen Wahlbeobachter
hatten kaum Wahlmanipulationen festgestellt und sich
schnell davongemacht,
als schon das Gerechtigkeitsgefühl triumphierte und das
Wahlvolk
wusste, wer alles aus dem Wege zu räumen sei.
Das unterscheidet sie grundlegend von westlichen zivilisier-
ten Ländern,
die selbstlos, weit entfernt von zu Hause, für andere Völker
um Freiheit und Demokratie kämpfen und leider, leider
auch manchmal kollateral zu einer Grausamkeit hingerissen
werden.

entgegen

Immer trübe ich beim Fischen
in den Zügen anderer,
wenn die verlorenen Jahre
allzu deutlich vorangründeln:
Im leeren Januar übergeht Hamamelis
leuchtend ein bröckelndes Mauerwerk . . .
wie aus dem verflochtenen Satz
der Kunst der Fuge letztendlich
die Tenorstimme ins Leere hangelt,
weil ein Blatt verloren ging,
als Gott es vor seinen Mund nahm.

Vielseidig Verlag

Weitere Bücher für Laubsägearbeiten:

Holzstecker
Laubsägearbeiten für Haus und Hof
Heft 14x20 cm
ISBN 3-930529-10-6

Holz macht Spaß
Bunt bemalt für Haus und Garten
Heft 14x20 cm
ISBN 3-930529-27-0

Laubanger 19b 96052 Bamberg **Vielseidig Verlag** GmbH Tel. 0951/ 6 89 97 Fax. 0951/ 60 32 99

Türreiter "Mond"

Material: Sperrholz 8mm,
Metallfolie in gold

Farben: Bastelfarbe in Gelb, Rot, Dunkelgrün, Violett, Weiß

Auch bei diesem Türreiter beginnen Sie bitte mit dem oberen Teil. Der Mond ist hier flächig in Gelb ausgemalt. Ebenso der Stern, der allerdings mit Rot zu einem dunkleren Orange abgetönt wurde. Die Augenlider, der Mund sowie die Augenbrauen wurden stark mit Weiß aufgehellt und mit dem schwarzen Buntstift umrahmt. Der kleine Landschaftsteil ist in Grau gehalten.

Zuletzt bemalen Sie den Rahmen dunkelgrün, setzen mit ihren Buntstiften die Akzente und " vergolden " ihr Werk an den entsprechenden Stellen.

Frohes Schaffen und gutes Gelingen!

Katzenmobile

Material: Sperrholz 5mm,
Holzstab 10 mm,
Bast,
Schraubhäkchen,
Holzperlen,
Schnur.

Farben: Bastelfarbe in Rot, Gelb, Blau, Weiß, Grün,
Buntstifte

Beginnen Sie am besten mit der größten Katze. Um die Pastelltöne zu erzielen, mischen Sie die grüne Farbe mit Weiß bis Sie ihnen hell genug erscheint. Die dunklen Felder sind mit Grün " pur" ausgemalt. Bei den Augen wurde Grün mit Gelb gemischt. Um eine plastische Wirkung zu erzielen, wurde mit schwarzer Farbe abschattiert. Dabei die Farbe gut vermischen, damit keine zu harten Übergänge entstehen. Linien bitte wieder mit schwarzem Buntstift nachziehen.

Die beiden weiteren Katzen arbeiten Sie bitte dem Foto gemäß auf die gleiche Art. Wenn alles trocken ist, können Sie das Mobile zusammensetzen.

Rabe "Huckebein"

Material: Sperrholz 8mm,
Holzstab 4mm,
Bast (natur und grün)

Farben: Bastelfarbe in Rot, Schwarz, Weiß, Orange, Grün

Ein besonders frecher und lustiger Geselle ist der kleine Rabe Huckebein, der bestimmt in jedem Balkonkasten eine gute Figur macht.

Rabenschwarz und flächig wird bei Huckebein der Körper bemalt! Flügel und Kopf sodann mit sehr wenig weiß aufgehellt. Die Beine werden in beiden Farbtönen " gestreift " gearbeitet. Alle Konturen - nach dem Trocknen natürlich - mit Weiß nachgezogen. Den Schnabel und die Füße mit leuchtendem Orange ausmalen, die Blume in Rot. Beim Fertigstellen den Holzstab mit den Bastbündeln bekleben,

Graue Mäuschen

Material: Sperrholz 8mm,
Holzstab 3mm,
Naturfarbener und grüner Bast,
eine Holzperle natur

Farben: Bastelfarbe in Grau, Weiß, Blau, Pfirsich

Die beiden Mäuschen werden flächig mit der grauen Farbe bemalt, an den entsprechenden Stellen mit der schwarzen Farbe schattiert und mit Weiß aufgehellt. Danach werden die Ohren und Füße mit Pfirsich angelegt, die Augen Weiß und Blau, sowie die Nase in Schwarz.

Nachdem die Farbe völlig durchgetrocknet ist, ziehen Sie die Konturen mit einem schwarzen, weichen Buntstift nach. Die Mäuse werden danach auf die Stäbe gesteckt und mit dem Bast und den Holzperlen verziert.

Türkrone "Sonne"

Material: Sperrholz 8mm,
Metallfolie für die Monde

Farben: Grün, Gelb, Rot, Weiß,
Weiche Buntstifte

Dieses Stück wirkt besonders durch seine kräftigen, leuchtenden Farben.

Zuerst malen Sie bitte wieder die Sonnenstrahlen abwechselnd in Orange und Gelb aus. Zum Sonneninneren hin wurde dem Gelb immer mehr Rot beigemischt um eine räumlichere Wirkung zu erzielen. Das Gesicht schattieren Sie zum Rand hin auch mit etwas Rot aus. Ebenso die Augenlider und - brauen. Die Nase mit etwas Weiß aufhellen. Für den Rahmen mischen Sie Grün und Gelb zu einem Apfelton und tragen dieses Gemisch flächig auf.

Alle Konturen bitte wieder mit den Stiften nachziehen und die Linien mit einem orangen Buntstift in die Strahlen setzen. Zum Schluß die kleinen Monde an den Spitzen vergolden und aufkleben.

Fischständer

Material: 2 Holzblöcke ca. 2,5 cm hoch , 5cm tief und breit
und 2,5 cm hoch , 5cm tief und 15 cm breit
3 Holzstäbe 3mm,
ein kleines Ästchen,
5 Glasnuggets

Farbe: Bastelfarbe in Dunkelgrün, Blau, Gelb, Weiß, Rot, Hellgrün

Bevor Sie mit dem Ausmalen beginnen, bohren Sie zuerst die Löcher für die Stäbe in die Holzblöcke. Den großen färben Sie Weiß ein, den kleinen blau, nun können Sie mit dem Malen beginnen. Legen Sie den größeren Fisch in Dunkelgrün an, den Kopf in Blau. Den kleineren Fisch bemalen Sie hellgrün und blau, das Sie mit Weiß aufhellen.

Die Konturen der Fische wurden mit weißer Farbe und einem dünnen Pinsel gearbeitet. Alle Schattierungen wurden mit weichen Stiften in Schraffiertechnik erzielt. Als nächstes kommen wir zu den Meereswellen. Diese sind in der Grundfarbe Blau angelegt und wurden teilweise mit Rot in ein Violett abgetönt. Die Schaumkronen wurden flächig in Weiß gearbeitet und wiederum mit dem weißen Stift schraffiert.

Wenn alles gut getrocknet ist, können Sie die Wellen vor den Holzblock kleben, die Glasnuggets als Augen aufkleben und die Fische auf Stäbe setzen.

Türreiter "Kleiner Elf"

Material: Sperrholz 8mm,

Farben: Bastelfarbe in Blau, Rot, Gelb, Grün, Weiß, Pfirsich, Türkis

Arbeiten Sie hier von oben nach unten. Die Mütze malen Sie blau aus, das zum Kopf hin mit weiß aufgehellt wird. Die Sterne rot, die Streifen Türkis. Dann legen Sie die Haare mit gelb an. Der Farbvorlage entsprechend fahren Sie fort.

Für die Hose werden Blau und Rot zu Violett gemischt. Das Hemd wurde mit weiß abgetöntem Türkis ausgemalt. Ganz am Schluß ziehen Sie mit ihren Buntstiften wieder die Konturen nach.

Zauberhaus 2

Material: Sperrholz 8 mm
2 Holzstäbe 4 mm
grüner Bast
Schnur

Farben: Bastelfarbe in Gelb, Grün, Blau, Rot, Orange, Violett
weiche Buntstifte in Schwarz und Gelb

Der untere Hügel wurde in Gelb angelegt, und auf der linken Seite mit Blau schattiert. Die Hügel darüber kräftig grün malen und mit dem gelben Buntstift schattieren. Das Haus selbst wurde orange gemalt, die Tür violett. Das Dach in kräftigem Rot arbeiten, die Bäume in Grün anlegen und anschließend Bäume und Haus zusätzlich mit schwarzem bzw. gelbem Buntstift konturieren. Danach noch die Fahne in Blau und die Fahnenstange in Gelb arbeiten. Beim Holzstern wurde Rot und Gelb ineinanderlaufend aufgetragen. Zum Schluß bündeln Sie den Bast und kleben ihn zusammen mit einem kleinen Haselast unter den Stern.

Sonnenhut

Material: Sperrholz 8mm, Bast (grün)

Farben: Bastelfarbe in Rot, Gelb, Grün, Schwarz, Buntstifte in Orange und Schwarz

Den " Sonnenhut " können Sie als Anhänger oder als Stecker arbeiten. Zuerst werden die Blütenblätter mit roter Farbe ausgemalt, die teilweise sehr stark verdünnt wurde, um eine plastische Wirkung zu erzielen. Die Blätter legen Sie in Grün an und tönen dieses für die Lichteffekte mit Gelb ab. Die schwarz-gelb gestreiften Blütenmittelpunkte wurden mit dem orangen Buntstift schraffiert, die Linien zwischen den Blütenblättern mit dem Schwarz nachgezeichnet.

Blütenmobile

Material: Sperrholz 5mm,
2 bizarr geformte Äste (z.B. Korkenzieherhasel),
grüner Bast,
zwei Holzperlen

Farben: Bastelfarbe in Rot, Weiß, Grün, Goldgelb,
Weiche Buntstifte

Um dieses außergewöhnliche Mobile anzufertigen, das sich übrigens sehr gut als Fensterschmuck eignet, beginnen Sie damit, die Kelchblätter der Knospen in grün zu arbeiten. Danach fahren Sie mit den Blütenblättern fort, die Sie dunkelrosa halten (rot mit weiß aufgehellt).

Die Staubgefäße sind mit Goldgelb gemal, ebenso wie die kleine Spirale, die am Schluß über der größten Blüte befestigt wird. Wie bei allen unseren Holzarbeiten sind auch hier alle Konturen und viele Schattierungen mit sehr weichen Buntstiften gemacht worden. Vor dem Bearbeiten mit den Stiften bitte alle Teile stets sehr gut trocknen lassen. Haben Sie alle diese Arbeitsgänge erledigt, können Sie die Blüten an den Ästen befestigen.

Türreiter "Red Sun"

Material: Sperrholz 8mm

Farben: Bastelfarbe in Rot, Weiß, Gelb, Blau, Schwarz,
Buntstifte: Violett, Weiß, Schwarz, Rot

Besonders farbenprächtig wird diese Sonne in ihrer Wohnung " scheinen".

Ein wirklich außergewöhnlicher und freundlicher Blickfang für jede Tür. Die Strahlen dieses Türreiters sind abwechselnd in Orangerot (rot mit gelb) und pink (rot mit etwas weiß) gearbeitet. Das Gesicht ebenfalls in pink ausmalen und die Augen in Blau anlegen. Die beiden kleinen Monde leuchten in orange (rot mit gelb).

Beim Rahmen beginnen Sie bitte mit dem pinkfarbenen Teil und malen den oberen schwarzen zuletzt. So läßt sich genauer arbeiten, da schwarz meist besser abdeckt. Nach dem Trocknen ziehen Sie wie gewöhnlich mit den Buntstiften die Konturen nach.

Stecker "Cestershire Cat"

Material: Sperrholz 8mm,
Holzstab 4 mm,
Bast, zwei Lederstreifen, zwei Glöckchen,
etwas Blattgoldfolie (aus dem Bastelladen) für die Mondspitze

Farbe: Bastelfarbe in Rot, Weiß, Blau, Schwarz, Grün, Orange

Um dieses freche Kerlchen in Pastelltönen nachzuarbeiten, malen Sie zu allererst den Körper mit stark durch Weiß aufgehelltem Rot aus. Am oberen Rand stark mit der weißen Farbe akzentuieren. Die Beine ins bläuliche übergehen lassen und den Schwanz der Abbildung gemäß gestalten. Um Pastellfarben zu erhalten immer mit Weiß abtönen.

Die Konturen wie gewöhnlich mit dem schwarzen Buntstift nachziehen. Zum Schluß die Katze am Stab befestigen und dekorieren.

Fischmobile

Material: Sperrholz 5mm
Schnur,
kleine Muscheln,
Schraubhaken um die Fische an der Schnur zu befestigen

Farben: Bastelfarbe Grün ,Rot, Blau, Gelb, Schwarz

Bei diesem wunderschönen Mobile, das ein wirkliches Schmuckstück in ihrer Wohnung oder ihrem Balkon werden kann, wurden alle Farbnuancen durch Mischen der angegebenen Farben erzielt. Ihrer Phantasie sind hier keine Grenzen gesetzt. Jeden einzelnen Fisch farblich genau zu beschreiben würde hier den Rahmen sprengen. Anhand der Fotos können Sie die Fische nach unseren Farbvorschlägen gestalten oder vielleicht einmal ihr eigenes kleines Kunstwerk schaffen.

Wie immer wurden Linien und Schraffuren mit Buntstiften gearbeitet.

Tip: Dunkles Grün erhalten Sie durch Mischen mit Blau oder Schwarz, Violett aus Blau und Rot, den Pinkton durch Abtönen mit Weiß.

Der Abbildung gemäß werden die Fische zum Mobile zusammengesetzt, wobei die kleinen Haken durch Aufkleben der Muscheln verdeckt werden.

Türreiter "Wondercat"

Material: Sperrholz 8mm

Farben: Bastelfarbe in Grün, Gelb, Rot, Schwarz,
Buntstifte in Gelb, Blau, Rot, Schwarz

Bei diesem sehr schönen Türreiter wurden die Farben eher "aquarellig" verwendet, d.h. Sie wurden sehr stark mit Wasser verdünnt. Auch hier wurden, um die verschiedenen Farbeffekte zu erzielen , die Farben untereinander gemischt. Halten Sie sich so weit Sie das möchten am besten ans Foto. Sie sollten aber unbedingt darauf achten wirklich sehr viel Wasser zu verwenden. (Lieber mehrere Male übereinander malen, dann erhalten Sie die schönsten Farbschattierungen.) Allein der schwarze Rahmen wurde deckend bemalt und am Schluß mit Buntstiften verziert. Ebenso natürlich auch die Katze.

Tip: Probieren Sie das Aquarellieren am besten auf einem Holzbrettchen aus. Sie werden überrascht sein wie viele wunderschöne Farbtöne Sie erzielen können.

Zauberhaus

Material: Sperrholz 8mm,
Holzstab 4mm,
rostroter Bast,
Schnur

Farben: Bastelfarbe in Gelb,Grün, Blau,
weiche Buntstifte in Schwarz und Grün

Die Hügel am unteren Teil des Steckers wurden in Grün angelegt das stellenweise mit Gelb aufgehellt wurde. Das Haus selbst ist gelb ausgemalt und an den Außenseiten mir Grün nuanciert. Beim Dach mischen Sie Blau und Rot zu einem violetten Ton, ebenso Blau und Grün zu Türkis und arbeiten damit die Streifen. Ebenfalls in Blau und Rot sind die Bäume gehalten, die zusätzlich mit einem grünen weichen Buntstift konturiert wurden. Alle anderen Linien wurden mit einem schwarzen Buntstift nachgezogen und teilweise schraffiert.

Zum Abschluß bündeln Sie bitte den Bast, kleben ihn hinter den Holzstern und befestigen das Ganze weiter unten am Stecker. Wer mag kann den Stab bevor er ins Bohrloch eingeklebt wird noch mit Schnur umwickeln. Das zweite Haus genauso arbeiten.

Material

In diesem Buch haben wir stets Sperrholz in Stärke 8 mm und 4 mm verwendet. Es gibt verschiedene Sperrholzarten wie Kiefern- oder Birkensperrholz. Für Teile, die draußen bleiben, sollte wasserfestes Modellbausperrholz verwendet werden. Dieses wellt sich nicht, außerdem ist es glatter und läßt sich leichter bemalen. Allerdings ist es auch etwas teurer.

Beim Bemalen verwenden wir Bastelfarbe auf Wasserbasis. Diese läßt sich untereinander mischen und mit Wasser verdünnen. Zum Lackieren ist es ratsam, Acryl-Lack zu verwenden (nicht auf Wasserbasis!), damit die Wasserfarben beim Überstreichen nicht verwischen. Je nach Geschmack gibt es diesen als Glanz-, Seidenmatt- oder Mattlack.

Techniken

Übertragen:

Zeichnen Sie das Motiv auf Transparentpapier mit einem HB-Bleistift nach. Drehen Sie das Papier um und ziehen die Konturen mit dem weichen Bleistift nach. Das erneute Nachzeichnen bewirkt, daß das Motiv nun seitenrichtig mit dem Prägestift durchgerubbelt werden kann.

Schattieren:

Beim Schattieren bemalen Sie das Werkstück zunächst mit der helleren Farbe. Den Pinsel nicht auswaschen! Wedeln Sie diesen auf der Palette etwas breit und streichen einseitig in die dunkle Schattierfarbe. Der Pinsel ist jetzt zweifarbig angefüllt. Nun tragen Sie die Farbe mit schräg angesetztem Pinsel auf. So entstet ein leichter Farbverlauf. Bei Bedarf noch etwas nachmalen bzw. „verwischen", falls noch harte Kanten zu sehen sind.

Aquarellieren:

Verdünnen Sie die Farben stark mit Wasser. Beim Auftragen lassen Sie verschiedene Töne ineinanderlaufen, so daß immer wieder unterschiedliche Farbverläufe entstehen. Das Holz muß noch durchscheinen.

Werkzeug & Hilfsmittel

Laubsäge:
Das wichtigste Werkzeug gibt es als Handlaubsäge oder als kleine elektrische Tischsäge. Letztere erleichtert zwar das Arbeiten, ist aber nicht dringend notwendig. Für das 8 mm Sperrholz bzw. für größere Teile ohne kleine Kurven sollte man etwas breitere Laubsägeblätter verwenden. Dünnere Blätter eigenen sich gut für feinere Arbeiten und 4 mm Sperrholz.

Feile, Schmirgelpapier:
Nachdem die Motive ausgesägt sind, werden die ausgefransten Ränder und Kanten abgeschliffen. Verwenden Sie zum Vorschleifen gröberes Papier oder Feilen, für den Feinschliff Schmirgelpapier z.B. mit Körnung 800.

Transparentpapier:
Zum Durchpausen und Übertragen der Motive auf das Holz.

Bleistift, weicher Bleistift:
Einen "normalen" Bleistift (HB) verwenden wir zum Durchpausen, einen sehr weichen (ca. 6B oder Allstift) für die durchzudrückende Seite des Papiers.

Prägestift:
Der Prägestift ist sehr hilfreich beim Durchdrücken oder "Durchrubbeln" des Motivs vom Transparentpapier auf das Holz.

Ponal, Heißkleber:
Der Holzleim ist unverzichtbar beim Zusammenfügen einzelner Holzteile (Holz auf Holz). Beim Aufkleben von anderen Materialien, wie z.B. Naturbast, Stabadapter, Messingstäben etc., verwenden Sie am besten Heißkleber aus der Pistole. Vorsicht, heiß! Kinder sollten die Niedrigtemperaturpistole nehmen oder Bastelkleber. Letzterer trocknet natürlich etwas länger. Damit die Teile nicht so lang gehalten werden müssen, kann man Wäscheklammern zum Fixieren verwenden.

Hallo liebe Bastelfreunde

Möchten Sie in ihrem Wohnbereich, im Garten oder Balkon etwas verändern, oder einfach nur neue Akzente setzen? In unserer neuen Vorlagenmappe finden Sie sicher das ein oder andere Stück, das ihnen hilft, diesen Wunsch zu verwirklichen. Insbesondere die wunderschönen Türreiter können einem Raum schon ein viel freundlicheres Gesicht verleihen.

Oder wäre vielleicht ein Mobile als Blickfang das richtige für Sie?

Alle unsere Vorlagen sollen farblich nur eine Anregung für Sie darstellen. Sie können die Motive farblich ihrem Wohnbereich anpassen und so ihr ganz eigenes Werk schaffen.

Viel Spaß beim Nacharbeiten wünschen

Gabi Michel
Ulrike Bernardt

Vielseidig Verlag

84. Her husband has ______ books than mine. (many)
85. She was ______ of her class. (good)
86. The Mercedes was ______ than the VW. (fast)
87. His story was ______ I ever heard. (crazy)
88. His sister is ______ than you. (old)
89. I want a ______ house. (modern)
90. This summer is ______ than last summer. (hot)
91. We are all ______. (happy)
92. Is your mother ______ than your teacher? (sincere)
93. Your doctor was ______ than ours. (gentle)
94. She has ______ money of all my sisters. (little)
95. Apples are ______ than lemons. (common)
96. An actor is ______ than a teacher. (popular)
97. He's ______ man in the world. (strong)
98. I seem ______ than you. (stupid)
99. Your daughter is ______ than our daughter. (small)
100. That is ______ tiger in the cage. (nervous)
101. Your boy is ______ than my girl. (friendly)
102. Father is ______ person in the family. (generous)
103. Andrea was ______ child on the street. (dirty)
104. Blackie was ______ kitten in the litter. (curious)
105. Have you got some ______ salad? (fresh)
106. Bill was ______ than you today. (attentive)
107. Is your room ______ enough? (tidy)
108. She was ______ mother of them all. (proud)
109. This is surely very ______ weather! (pleasant)
110. You seem ______ today than yesterday. (busy)

11. If-clauses = Conditional clauses (Bedingungssätze)

If = falls, wenn (Möglichkeit)

I'll stay home if it rains.

nicht

when = als, wenn (Zeitbedingt)

I went to a kindergarten when I was four.

11.1. Die drei Grundformeln:

> **If + Present, Future**
> If the weather is fine, I will go for a walk.
>
> **If + Past, Conditional 1**
> If you looked out of the window now, you would see the red car
>
> **If + Past Perfect, Conditional 2**
> If I had learnt more, I wouldn't have had a ''5''.

11.1.1. **If + Present, Future** zeigt etwas an, das sehr möglich ist. Es könnte durchaus passieren. Manchmal steht im Hauptsatz (main clause) ''can / must + infinitive'' statt future (Aber nur, wenn die Fähigkeit oder der Zwang betont werden soll).

11.1.2. **If + Past, Conditional 1** zeigt etwas an, das eventuell (halbwegs) möglich ist. Es könnte so werden, aber es könnte genauso auch nicht so werden. Manchmal steht im Hauptsatz ein ''could'', wenn die Fähigkeit ausgedrückt werden soll.

11.1.3. **If + Past Perfect, Conditional 2** zeigt etwas an, das nicht mehr möglich ist. Die Gelegenheit wurde versäumt und das Geschehen ist abgelaufen. Es steht schon in der Vergangenheit und kann nicht mehr umgeändert werden.

11.2. ***Die zwei Satzteile können umgetauscht werden.***

If + Present, Future	If she comes, I will be happy.
oder	
Future — if + present	I will be happy if she comes.

11.3. In dem Nebensatz (if-Teil) kann man folgendes sagen:

''if I were'', ''if he were'' statt
''if I was'', ''if he was''.

Das gilt natürlich nur für den ''if + past, Conditional 1'' Satz, weil nur diese Form die Vergangenheit (past) hat.

11.4. Wörter wie ''now'' geben keinen Hinweis auf eine Zeit. Man kann ohne weiteres Sätze wie ''if he saw her now'' bilden, da die Vergangenheitsform in Bedingungssätzen nicht die Vergangenheit ausdrücken soll, sondern in welchem Maß etwas möglich ist.

11. If-clauses

Ändere das Verb, das in Klammern angegeben ist, in die richtige Zeitform um.

1. If I (be) you, I'd go to a doctor.
2. He (can help) you if he had wanted to.
3. He won't be late if he (take) a taxi.
4. They (give) you the book if they are at home.
5. She won't get the job is she (not speak) English.
6. He (come) to see us if he had been able to.
7. If my brother were here, he (know) what to do.
8. If you want us to, we (repair) your radio tomorrow.
9. If he had done what I said, he (win).
10. If he (not know) the answer, he would not speak.
11. I will come tomorrow if I (have) time.
12. I (help) you now if I could.
13. If they hadn't given him the money, the thief (shoot) them.
14. He (invite) you to the party if you want to go.
15. What (you, do) if the train is late?
16. What (he, do) if he missed the last bus?
17. I (go) to see my dentist if I had a toothache.
18. What (we, do) if the train had been late.
19. If he had broken his leg, he (can come — not) today.
20. What (you, do) if you had no money?
21. I (drink) my tea if it hadn't been so hot.
22. She'll miss her train if she (not hurry).
23. I (miss) the train if I had not hurried.
24. What (you, do) if he doesn't come?
25. If he (speak) five languages, he would be a very clever man.
26. If Karen (not speak) so quickly, we would understand her.
27. He (speak) if he had known the answer.
28. We (come) today if you had asked us.
29. When (they, can give) you the book if you asked?
30. If you (not eat) so much, you wouldn't be fat.
31. We (help) her if she were nice.
32. If father (drive) quickly, we'll be afraid.
33. If they (see) John now, they would laugh at him.
34. If your uncle sees you, you (run) away.
35. If we buy the car, we (must pay) much money.
36. If she (have) the book, she would have known it.
37. Where (they, go) if it had rained?
38. If Tom had seen the cat, he (can hold) it.
39. If I (see) Jane, I'll say ''hello.''
40. If you (give) Tom your book, he'll be very happy.

41. If you (catch) the ball, you would have won the game.
42. If we (find) a key, we would be able to open the door.
43. If Tom (not throw) the ball, he would have lost the game.
44. When (he, can come) if we invite him?
45. If I understood the sentences, I (be) very happy.
46. If Bob had kept the car, he (can drive) it.
47. We (must go) home right away if mother calls.
48. Where (they, hide) if they had run away?
49. If Linda (not feed) her dog, it would die.
50. If his brother (teach) him English, he will be good.
51. I (write) them a letter if I had had some paper.
52. What (you, buy) if you had much money?
53. We (fly) the new kite today if we had bought one yesterday.
54. If we (see) the burglar, we would have fetched the police.
55. I would have helped you wash the car if you (ask) me.
56. She will talk with him if she (see) him.
57. I would not be hungry if I (eat) a lot of food.
58. If we had a book, we (read) it.
59. If she (see) a mouse, she would scream.
60. Where (I, find) the key if I had lost it?
61. We (give) her the book if we had had it.
62. If Linda had seen the egg, she (can eat) it.
63. If we (help) mother, she'll give us 10,- DM.
64. Where (he, go) if the shop closes?
65. If I (hear) the noise, I would have been afraid.
66. What (you, can eat) if you had enough money?
67. If we (not live) there, she would come to visit us.
68. If father drove him home, he (be) happy.
69. I (see) the new teacher if I had gone to school early.
70. If you (turn on) the light, you would have found the key.
71. You (must wait) if I am late.
72. If your mother (catch) you, you will cry.
73. If they (not talk) so much, they could listen better.
74. If I had known that you were sick, I (can visit) you.
75. If he (help) her, she would have passed the test.
76. What (he, can win) if he tried?
77. If they run quickly, they (can catch) the girls.
78. If Karen (take) the pencil, she would have cried.
79. You (go) to the dentist if your tooth had hurt.
80. If the dog (run) away, you will cry.
81. If you (run), you would catch the train.
82. She (shake) the carpet if she'd had one.
83. When (they, come) if they don't come today?
84. We (pay) much money if we bought the house.

85. If I (catch) a mouse, you'll cry.
86. When (she, drink) her tea if she had come late?
87. If they (not speak) German to her, she would have to learn English.
88. If he went home, he (see) the new cat.
89. He (get) a surprise if he goes home now.
90. If he had helped her yesterday, she (buy) him a new toy.
91. If we drink our milk, we (can go) outside.
92. We won't break the girl's bike if she (give) it to us.
93. If I had wiped the board, the teacher (be) happy.
94. They'd have spoken with her if they (know) what to say.
95. If Bob (find) the key, he could have opened the door.
96. If they came to the party, they (eat) all the ice-cream.
97. If I (fly) to America, I would see New York.
98. If you'd helped your mother, she (give) you a present.
99. If they (buy) a cat, the children could play with it.
100. If Linda sees a spider, she (scream).
101. If they took a picture, they (can show) their friends Big Ben.
102. If I (go) to the zoo, I'd have seen the lion.
103. If we see the film, we (come) home late.
104. If you (leave) the house now, you wouldn't be late.
105. If I had taken the book, I (can read) it tomorrow.
106. She'll hide behind a curtain if she (hear) a burglar.
107. If I'd fallen down, I (can hurt) myself.
108. If she went to bed now, she (not be) too tired.
109. If I (not eat) so much, I won't get so fat.
110. If my sister (can drive) me home, I'll be there early.
111. You'd have gone to the cinema if you (know) the film was good.
112. You'd catch the train if you (run).
113. If John keeps the car, he (drive) it.
114. They'd buy a dog if they (not have) one.
115. If I'd seen my brother, I (say) "hello."
116. We (must eat) the egg if she'd given it to us.
117. If the men came here, they (see) my books.
118. If the girl comes, I (must talk) with her.
119. If you saw the film, you (be) afraid.
120. He won't be hungry if he (eat) all the ice-cream.
121. The cat would have eaten the fish if it (find) it.
122. Where (you, go) if you had enough money?
123. If he'd known the girl, he (bring) her flowers.
124. You'd catch the ball if he (throw) it.
125. I'll wash her clothes if she (bring) them.
126. You'll visit her if she (ask) you to.
127. She won't run away if she (like) you.
128. What (she, buy) if she had no new clothes?

129. I'd have won the game if I (play) hard.
130. We'd pass the test if we (try).
131. If I'd eaten more, I (have) a full stomach.
132. Our dog would have barked if it (see) the cat.
133. If Paul gives you the cake, you (eat) it.
134. We'd open the door if we (have) a key.
135. They (must drive) him home if he'd come.
136. If father (can catch) the ball, he'll give it to me.
137. If you see a burglar, you (must phone) the police.
138. I'd drive him home if he (not have) a car.
139. If she'd had a camera, she (take) many pictures.
140. If they (not take) the train, they won't be able to visit Oma.
141. If he found the key, he (open) the door.
142. If Jim (can use) our pencil, he'll write a letter.
143. If I (not see) the girls soon, I won't be able to talk with them.
144. If they'd taken the book, the girl (read) it.
145. I'd laugh if she (come).
146. If you'd caught the ball, we (play) with it.
147. I (must help) mother if she'd been ill.
148. If they saw the wolf, they (run) away.
149. The baby'd have torn the book if it (have) it.
150. If we find his key, we (must give) it to him at once.
151. You'd have helped father if he (come) and asked you.
152. When (she, use) the key if she found it?
153. They'd buy a new car if the old car (be) broken.
154. Father won't be angry if mother (buy) a new coat.
155. We'd ask who he is if we (not know) him.
156. They'll cry if he (take) the dog away.
157. If you see the thief, you (call) the police.
158. If my mother'd seen the letter, she (read) it.
159. They'd visit you if you (not talk) so much.
160. If you fetched some money, I (buy) you a new coat.
161. If they hear the children, they (laugh) at them.
162. If Tom'd seen Linda, he (take) her home.
163. What (they, sing) if they knew many songs.
164. You won't find the egg if Sue (hide) it.
165. He'd take the pencil if you (hold) it out.
166. We'd have eaten the peanuts if we (see) them.
167. If they see the teacher, they (must say) ''hello.''
168. If I (can help) you, you'll be finished sooner.
169. We (must pay) much money if we'd bought the house.
170. If you (not bring) the book, you won't be able to read it.
171. He'd eat all the food if he (see) it.
172. We'll drink tea if he (come) soon.

173. We'll see you come if Tom (not shut) the door.
174. If the babies cry, you (hear) them soon.
175. If you wanted me to, I (wear) that dress.
176. Linda wouldn't be thirsty if she (drink) milk.
177. I would've kept the snail if father (allowed) it.
178. My sister'll cry if her finger (bleed).
179. If you broke a glass, Mother (shout) at you.
180. The corn wouldn't grow if it (be) winter.
181. Father'll sleep long if the baby (not wake) him.
182. If they'd won, they (not be) so sad.
183. If I find your book, I (phone) you right away.
184. If the boy sang a song, we (cover) our ears.
185. If mother'd burnt the toast, you (have) nothing to eat.
186. It won't be dark at that time if the sun (rise) early.
187. Don would've ridden the horse if he (catch) it.
188. We'll find him soon if he (not hide) well.
189. If he hadn't dug a big hole, the child (not fall) into it.
190. If he blows too hard, you (have) milk all over.
191. We wouldn't see her if she (kneel).
192. I'll choose the song if my brother (let) me.
193. We would've visited you if the car (not break) down.
194. If you wound the clock, it (ring) tomorrow.

Übersetze die deutschen Sätze.

195. Er hätte dir helfen können, wenn er gewollt hätte.
196. Wenn du ihm das Buch jetzt gäbest, könnte er es übersetzen.
197. Wenn ich du wäre, würde ich meine Hände waschen.
198. Er hätte den Zug noch bekommen, wenn er seine Fahrkarte gefunden hätte.
199. Wenn er spät kommt, gehen wir nicht ins Kino.
200. Ich hätte Paul den Brief gegeben, wenn ich ihn gesehen hätte.
201. Wenn wir das täten, wäre er froh.
202. Ich würde Susan sehen, wenn ich in die Schule ginge.
203. Wenn wir den Brief gesehen hätten, hätten wir ihn gelesen.
204. Wenn er den Kuchen sieht, wird er ihn essen.
205. Wenn er Linda gesehen hätte, hätte er ihr Geld gegeben.
206. Wenn ich ihn sehe, gebe ich ihm den Brief.
207. Wir wären bald gegangen, wenn wir nicht so spät gekommen wären.
208. Ich hätte Vater geholfen, wenn ich ihn gesehen hätte.
209. Wenn die Frau käme, würden wir lachen.
210. Wenn wir sie besuchen, nehmen wir eine Blume (mit).
211. Wenn sie das Haus verkaufen, bekommen sie viel Geld.
212. Wenn ich die Kinder gesehen hätte, hätte ich gelacht.
213. Wenn der Mann hier wäre, würde er mir helfen.

214. Wenn er zu Hause gewesen wäre, hätte er den Einbrecher gefangen.
215. Falls ihr kommt, werdet ihr meine Pferde sehen.
216. Wenn ich jetzt aufhöre, kann ich ins Bett gehen.
217. Wenn ich du wäre, ginge ich ins Bett.
218. Wenn sie früher ins Bett gegangen wäre, wäre sie nicht so müde gewesen.
219. Wenn ihr zum Arzt geht, wird es euch nicht gefallen.
220. Wenn wir die Kamera gefunden hätten, hätten wir Bilder gemacht.
221. Ich hätte ihr helfen können, wenn sie gefragt hätte.
222. Er würde mit uns sprechen, wenn wir ihn anrufen würden.
223. Wenn sie kommen, trinken wir Kaffee.
224. Wir würden Briefe schreiben, wenn wir Bleistifte hätten.
225. Wenn ihr euch versteckt, finden wir euch.
226. Er hätte dir den Stuhl geben können, wenn er es gewußt hätte.
227. Wenn ich lange geschlafen hätte, wäre ich nicht so müde.
228. Wir hätten dorthin fahren können, wenn das Wetter besser gewesen wäre.
229. Wenn ich euch gesehen hätte, wäre ich froh gewesen.
230. Ihr würdet schlafen, wenn ihr Betten hättet.
231. Wenn er uns das Bild zeigt, zeigen wir ihm unsere Bilder auch.
232. Ich würde einen Kuchen backen, wenn ich Zucker hätte.
233. Wenn wir ihm helfen, geht es schneller.
234. Wenn er das gekauft hätte, wäre er unglücklich gewesen.
235. Sie hätten den König sehen können, wenn sie früher gekommen wären.

12. Question Tags (Angehängte Fragen)

12.1. Alle angehängten Fragen entsprechen den deutschen Wörtern ''nicht wahr'' oder ''oder''.

He went home, didn't he?
Er ging nach Hause, nicht wahr?

12.2 **Ein verneinendes Wort** muß vorhanden sein.

12.2.1. Wenn in dem Hauptsatz ein verneinendes Wort vorhanden ist, kommt in der angehängten Frage keine Form von ''not''.

He did***n't*** go home, did he?

12.2.2. Wenn in dem Hauptsatz keine Verneinung des Wortes vorhanden ist, wird in der angehängten Frage ein ''not'' gesetzt.

He went home, did***n't*** he?

12.3. **Bildung der angehängten Frage**

12.3.1. Wenn in dem Hauptsatz eine Form von ''to have'' oder ''to be'' vorhanden ist, wird die entsprechende Form in der angehängten Frage verwendet.

He ***has*** a car, ***hasn't*** he?
She ***is*** here now, ***isn't*** she?

12.3.2. Wenn im Hauptsatz ein Hilfsverb vorhanden ist, wird es in der angehängten Frage gebraucht.

They ***will*** go, ***won't*** they?
They ***won't*** go, ***will*** they?
You ***can*** help me, ***can't*** you?

12.3.3. Wenn in dem Hauptsatz ein anderes Verb (d.h. ein Vollverb) vorhanden ist, wird in der angehängten Frage ein ''do/does'' oder ''did'' verwendet.

They took him home, ***didn't*** they?
She drives to school, ***doesn't*** she?
You don't cry, ***do*** you?
We run quickly, ***don't*** we?

12. Question Tags

Bilde die richtige angehängte Frage und setze sie am Ende des Satzes ein.

1. Tim has big ears, ______?
2. They're wearing funny clothes, ______?
3. Tim doesn't look strong, ______?
4. The wheelbarrow isn't very strong, ______?
5. Tom hasn't much hair, ______?
6. She can wait, ______?
7. He isn't coming, ______?
8. They look tired, ______?
9. She won't sing, ______?
10. They'd buy flowers, ______?
11. My sister and I fight often, ______?
12. The dogs and I can run around the house, ______?
13. We hadn't ridden a horse before, ______?
14. I wasn't blowing bubbles, ______?
15. You are going to school now, ______?
16. The lady took a picture, ______?
17. My father and I didn't hear you, ______?
18. The doctors aren't telling the truth, ______?
19. He wouldn't have gone home, ______?
20. We understand you correctly, ______?
21. I've arrived too early, ______?
22. You haven't been wearing that dress, ______?
23. We will go to the cinema, ______?
24. You won't give him the book, ______?
25. The dogs are chasing the cats, ______?
26. She wouldn't be hiding now, ______?
27. You will be writing soon, ______?
28. Father reads many books, ______—?
29. We wouldn't hold your heads down, ______?
30. You were eating that pear, ______—?
31. The boys aren't driving too quickly, ______?
32. The teacher and I would carry the books, ______?
33. The driver didn't steal the car, ______?
34. You're cutting the trees today, ______?
35. The boys can't be sleeping at this time, ______?
36. I've taught her well, ______?
37. You aren't driving away now, ______?
38. My sister will ride her bicycle, ______?
39. We can't go to your house, ______?
40. I grew quickly last year, ______?

41. Tom and Susan aren't growing roses, ______?
42. I'd learn those words better, ______?
43. We don't work hard enough, ______?
44. You weren't hurting your sister, ______?
45. My brother has seen the sea, ______?
46. The cat didn't return home, ______?
47. The girls and I would've taken the bus, ______?
48. You won't be leaving early, ______?
49. I'd drop the table, ______?
50. Linda and Jean are keeping house, ______?
51. Father and I haven't shot the deer, ______?
52. You were feeding the bears, ______?
53. My sister had eaten her lunch, ______?
54. My brother and I wouldn't have taken your books, ______?
55. You didn't climb that tree, ______?
56. The dogs were dreaming, ______?
57. I don't call you often enough, ______?
58. He won't sing that song, ______?
59. We didn't thank the man, ______?
60. I'm not falling, ______?
61. The bird would fly to the tree, ______?
62. We haven't seen you before, ______?
63. You'd have been fighting if I hadn't stopped you, ______?
64. I'd dropped the box, ______?
65. My mother and sister couldn't be sweeping now, ______?
66. The boys and I had lost our way, ______?
67. You hadn't taken the dogs for a walk yet, ______?
68. My mother didn't wash the dishes, ______?
69. The man'd have written a letter, ______?
70. The patients haven't taken their medicine yet, ______?
71. Linda and I are carrying chairs, ______?
72. The cat hadn't caught the bird, ______?
73. You will be getting up at 8 o'clock, ______?
74. I couldn't build a house, ______?
75. Tom and Linda have been forgetting their homework a lot, ______?
76. You don't cook expensive meals, ______?
77. The boys and I won't talk loudly, ______?
78. Your dog can bark, ______?
79. You didn't help your sister, ______?
80. The girls would be hearing records now, ______?
81. I won't have to stay at your house, ______?
82. Their mother doesn't drink wine, ______?
83. You'd be sleeping when I come, ______?
84. Those people weren't thinking of us when they said that, ______?

85. I speak to everyone, ______?
86. The boy wouldn't hit you, ______?
87. You have been feeling better now, ______?
88. My mother and I have bought milk every day, ______?
89. I don't listen to records, ______?
90. The visitors won't be coming early, ______?
91. My sister and I cut the cake yesterday, ______?
92. The man hasn't cut his finger, ______?
93. You had been blowing bubbles, ______?
94. My brother doesn't know you, ______?
95. The children'll be building sand castles, ______?
96. You didn't lose the book, ______?
97. The boy can't read, ______?
98. She could be sleeping now, ______?
99. The girls wouldn't fly to London, ______?
100. My father and I wash the car every day, ______?
101. We'll visit them, ______?
102. You hadn't picked the apples yet, ______?
103. He's flying to Rome tomorrow, ______?
104. The radio's been broken for a long time, ______?
105. Tom goes to work early, ______?
106. Mother wouldn't paint the house, ______?
107. We'd left too late, ______?
108. You'd have given her that toy, ______?
109. They won't sleep at our house, ______?
110. I'd be welcome, ______?
111. I didn't eat your piece of cake, ______?
112. He's been reading for an hour, ______

13. Relative Clauses (Relativsätze)

13.1. Es gibt fünf Relativpronomen (relative pronouns)

who, whom, whose, which, that

13.1.1. **who** (als Subjekt: der, die, das, welcher, welche) und **whom** (als Objekt: den, die, das, welchen, dem, der, welchen) werden bei Personen gebraucht.

- The man who is here is my friend.
  Der Mann, der (welcher) hier ist, ist mein Freund.
- The lady whom I see is my sister.
  Die Dame, die (welche) ich sehe, ist meine Schwester.

13.1.2. **whose** (Genitiv: dessen, deren) wird bei Personen, Tieren und Sachen gebraucht.

- The child whose coat I have is my brother.
  Das Kind, dessen Mantel ich habe, ist mein Bruder.
- The animal whose eye I see is a bird.
  Das Tier, dessen Auge ich sehe, ist ein Vogel.

13.1.3. **which** (als Subjekt und Objekt: der, die, das, den, die, das, dem, der, welche, etc.) wird nur bei Tieren und Sachen gebraucht.

- The animal which I see is a bird.
  Das Tier, das ich sehe, ist ein Vogel.

13.1.4. **that** kann für Personen, Sachen und Tiere gebraucht werden (als Subjekt und auch als Objekt). Aber bitte selten gebrauchen.

13.2. Wie man Sätze kombiniert:

13.2.1. Suche das Wort oder die Wörter (Substantiv) heraus, die in beiden Sätzen gleich sind. Das Wort in dem zweiten Satz kann auch ein Personalpronomen sein.

The man is talking to Linda. I gave a book to ***him.***

13.2.2. Schreibe den ersten Satz, wie er steht, bis direkt nach dem Wort, das gleich ist.

The man

13.2.3. Laß den ersten Satz wegfallen und schreib den zweiten Satz, richtig umgewandelt, hin. Das Wort, das gleich ist, muß durch ''who/whom/whose/which'' oder ''that'' ersetzt werden. Dann kommt diese Ersatzform (statt des eigentlichen Wortes) direkt ***hinter*** das Wort von dem ersten Satz, das schon auf dem Papier steht.

The man ***whom***

13.2.4. Schreib den 2. Satz zu Ende.

The man whom ***I gave the book to***

13.2.5. Jetzt schreib den 1. Satz zu Ende.

The man whom I gave the book to ***is talking to Linda.***

13.3. Wie man zwei Sätze herstellt:

The man whom I gave the book to is talking to Linda.

13.3.1. Guck, ob zwei Subjekte und zwei Verben vorhanden sind. Wenn ja, könnte es sich um einen Relativsatz handeln.

man is talking; I gave

13.3.2. Guck, ob ein Relativpronomen vorhanden ist. Manchmal ist es aber verschluckt.

whom

13.3.3. Such den ersten Satz heraus, so daß er einen vollständigen Sinn hat.

The man is talking to Linda.

13.3.4. Was übrig bleibt, ist der zweite Satz.

whom I gave the book to

13.3.5. Ersetze das ,,Relativpronomen'' (oder das fehlende Relativpronomen) durch das Substantiv im ersten Satz, das direkt vor dem Relativsatz steht.

the man I gave the book to

13.3.6. Schreib die beiden getrennten Sätze nieder.

The man is talking to Linda. I gave the book to the man.

13. Relative Clauses

Setze das richtige Relativpronomen ein. (not ''that'')

1. The cat ______ eyes were green was called Tommy.
2. We can see the tree ______ is green.
3. We saw the man ______ was eating a piece of cake.
4. Do you know ______ he wrote a letter?
5. That is the girl ______ book I read.
6. The lady ______ she had talked to ate a pear.
7. Those are the chairs ______ we carried.
8. The boy ______ he had given an apple ran away.
9. There is the boy ______ car we drove.
10. The man ______ you had listened to took a pen.
11. This is the table ______ he ate at.
12. The lady ______ I had taken a photo of looked happy.
13. The dog ______ tail was black was lying on the chair.
14. Linda can hear the wind ______ is blowing.
15. You saw the girl ______ was drinking her milk.
16. Do you know ______ he gave a book?
17. Bob has an uncle ______ lives near the sea.
18. I like to see my father ______ I love very much.
19. The girl ______ doll I have is my friend.
20. I read a book ______ was very interesting.
21. The house ______ I live in is large.
22. She doesn't want a dress ______ is worn by many women.
23. The lorry was bought by a man ______ has got a workshop.
24. People ______ can only talk about the weather are not very interesting.
25. Did you see that Italian film ______ was on television?
26. The men ______ the police arrested are the burglars.
27. The pigs ate up the apples ______ fell down.
28. The man ______ our teacher told us about was a king.
29. The person ______ job it is to help us is my sister.
30. A thing ______ is hard to lift is heavy.
31. The woman ______ pointed her finger was not nice.
32. The sack of apples ______ Dick had on his shoulders came down.
33. The city ______ cathedral is famous is Cologne.
34. The girl ______ is sitting next to me is very nice.
35. The dog ______ was barking was big.
36. The boy ______ stole the money was 12 years old.
37. I saw the girl ______ tooth was missing.
38. The man ______ we talked to was very nice.
39. They watched the dog ______ food was gone.

Unterstreiche den Relativsatz.

40. The places we visited were full of tourists.
41. The wine we drank with our meal was wonderful.
42. The hotel we stayed at was near a busy road.
43. The room we slept in was too quiet.
44. He lent the money to a man who has ten children.
45. Tim and Tom who filled a sack with their best apples took a big wheelbarrow.
46. The barrow which Sam carried was too heavy for him.
47. The man they looked at whistled a tune.
48. They pointed their fingers at Tim who was walking by himself.
49. The sack the two brothers were taking to market was full of apples.
50. The town we live in is Cologne.
51. The animal we saw on the street was a pig.
52. The plates we ate from were dirty.
53. A man who was walking through a street in London stopped in front of a window which had dresses in it.
54. He went in and asked the man he saw how much the dresses cost.
55. The man whose shop it was answered his questions.
56. The man he had been talking to was very nice.
57. We walked to the shop mother worked in.
58. There we saw two women who wanted to buy the dress mother had put in the window.
59. The lady whose friend talked to her asked where she could pay for it.
60. My mother told them the name of the man whom they could give the money to and asked the lady whose coat was on a chair to take the coat with her.
61. The man they had heard of took the money they had given him.
62. The garden we worked in had twenty trees.
63. The doctor we had gone to went on holiday.
64. The boy whose bicycle was broken cried loudly.
65. The lady was talking about the radio programme we had heard.
66. The girl who was combing her hair looked at us.

Verbinde die Sätze mit einem Relativpronomen. (not "that")

67. Peter said "thank you." He had helped Peter.
68. The pictures were interesting. We were looking at the pictures.
69. Mrs. Green invited Tom to lunch. We lived in her house.
70. The man is here. He ate a cake.
71. We took the apple. It was lying on the table.
72. Linda waved good-bye. They had taken Linda home.
73. You could see Mr. Twain. Ken has read his books.
74. We could talk to the lady. She was typing a letter.
75. The dog could not hear. Its ear was hurt.

76. We saw the boys. You had played with the boys.
77. Dick said "hello." We had brought Dick home.
78. You can speak to Linda. She is reading the newspaper.
79. They saw Mary Ann and me. Father played with us.
80. The songs were funny. We were listening to the songs.
81. The woman is there. She has eaten an apple.
82. Linda has stolen the money. It was lying under the chair.
83. We waved at the Beatles. Tom has heard their records.
84. The cat cannot see. Its eye is bad.
85. Peter and Sue said "thank you." Jenny helped Peter and Sue.
86. Mr. Black will invite Laurie to dinner. We live in his house.
87. John is running to his brother. His brother gave him the bicycle.
88. Mr. Green sells many things. Mr. Green's shop is in Cologne.
89. They drive along the street. The street is very busy.
90. Uncle John eats fish every day. Bob helps Uncle John with the work.
91. That is the man. The man took my car. My car is 5 years old.
92. The man is eating a sandwich. I see the man.
93. The girl always combs her hair. The girl is my sister.
94. The dog is black. It is running down the street.
95. The balcony is blue. I am sitting on the balcony.
96. I am reading the letter. The letter is from my father.
97. The little boy is crying. My mother is holding the boy.
98. The man gave me a book. I drove the man's car.
99. The woman was talking then. The woman's husband stood up.
100. The child cried. The child's arm was broken.
101. The dog was happy. The dog's tail was wagging.
102. The man talked to me. His coat was torn.
103. The girl was happy. It was her birthday.
104. The boy ran home. He had his own coat.
105. The man is my father. I gave the book to him.
106. His sister is 32. He bought a present for her.
107. The refrigerator felt warm. The ice-cream was in it.
108. The store was closed. He was walking to the store.
109. The lady had a book. He was talking with her.
110. The tables were painted red. The chairs were between the tables.
111. The table was at the doctor's. The man was lying on the table.
112. A man questioned her. He was a police officer.
113. The woman rang him up. She was his mother.
114. The man drives a Mercedes. He is very good.
115. A building burnt down last night. It was very old.
116. The letter disappeared. It wasn't very important.
117. The man robbed the bank. They've arrested him.
118. The man gave her a ring. She married him.
119. The money was on the table. He took it.

120. The man did this. I know him.
121. I ate the food. It made me sick.
122. We had been waiting for the bus. The bus was full.
123. The knife is sharp. We cut our bread with the knife.
124. I was talking to the girl. The girl was my cousin.
125. The man is nice. The man is my father.
126. John is talking to his sister. His sister asked him to come home.

Mache zwei vollständige Sätze daraus.

127. The chair I sat on was expensive.
128. He likes the girl whose mother is now talking.
129. The man we took the books to is our uncle.
130. Can you see the lady who is helping Jane?
131. We helped the lady whose car had stopped.
132. They talked to the lady he had taken a banana from.
133. The lady who was looking at the dress when I saw her ran away.
134. Penny whose book I was reading walked to her mother.
135. The boy they had seen playing football threw the ball.
136. The animal which had eaten the flower was an antelope.
137. The baby they heard crying had no mother.
138. The person I had seen was Tom.
139. The man I had helped was father.
140. The animal which had left its cage was a lion.
141. Rosemary whose letter I have found ran to her father.
142. We spoke with the man you had taken a book from.
143. The shoes she had on were new.
144. Rita went to the man whose car was broken.
145. The man who was looking at the car when we saw him walked away.
146. The girl you had watched playing with dolls gave me a kiss.
147. The girl whose mother had left the house was sad.
148. If I had the camera which you gave me, I would take a photo.
149. The man to whom he gave the book was his father.
150. The woman I saw carried two books.
151. The bird whose tail was in the cat's mouth cried for help.
152. If they knew the man who had phoned, they would tell their mother.
153. The men with whom they were working ate their lunch.
154. The people you showed the picture to asked me questions.
155. If he had understood the lady who had called, he would have told his mother.
156. The shop I bought the furniture from had a fire yesterday.
157. The girl that was looking at you waved to you.
158. The man I saw walking down the street turned around.
159. The book she was reading when you came told about cats.
160. The radio we were listening to today is now broken.

161. If I wore the dress which she sold me, I would make her happy.
162. He likes the girl whose mother is now talking.
163. Is the man we took the books to our uncle?
164. Can you see the lady who is helping Jane?
165. The inspector we had spoken with wrote down our names.
166. Did the cat whose kittens were lapping milk catch a mouse?
167. Were the babies who were crying hungry?
168. We heard the girls whose mothers had gone shopping.
169. The store which we had bought cost much money.
170. The horses we rode walked slowly.
171. Why did the dog he was holding bark?
172. Didn't you see the man who gave me the camera?
173. Did the ball she was playing with roll away?
174. Have you seen the letters they've written?
175. When'll the road they're building be finished?
176. Isn't that the biggest fish we've caught?
177. Did the cat he fed lick him?
178. Won't you be staying at the house they live in?
179. What was the day you longed for like?
180. Where's the book she's been reading?
181. The plants they gave us grew quickly.
182. Didn't he hear the noise the dog made?
183. Will the picture they're drawing be beautiful?

14. Passive

14.1. Das Passiv wird aus einer Form von ''to be'' und der 3. Form des Verbes gebildet.

The ball ***is thrown.***

Das Verb ''to be'':

Present	am/are/is
Past	was/were
Future	will be
Present Perfect	have been/has been
Past Perfect	had been
Future Perfect	will have been
Conditional 1	would be
Conditional 2	would have been

14.2. **Die Bildung des Passivsatzes:**

14.2.1. Das Subjekt des Aktivsatzes wird zum Objekt des Passivsatzes hinter einem ''by''.

The man sees a table. A table is seen ***by the man.***

Manchmal wird das Subjekt des Aktivsatzes im Passivsatz ausgelassen.

They offered a prize. A prize was offered.

14.2.2. Das Objekt des Aktivsatzes wird zum Subjekt des Passivsatzes.

The dog bit ***the cat***. ***The cat*** was bitten by the dog.

Wenn der Aktivsatz kein Objekt hat, kann kein Passivsatz gebildet werden.

The man ran ***around the corner.***

Wenn zwei Objekte vorhanden sind, kann man auswählen, was als Subjekt gebraucht werden soll.

The girl gave ***the boy a ball.***
The boy was given a ball by the girl.
A ball was given to the boy by the girl.

14.2.3. Das Verb wird in derselben Zeitform gelassen, bloß umgewandelt.

Subjekt			Objekt
The girl	sees		***a cat.***
A cat	is seen	**by**	*the girl.*

The girl	gave	**me *flowers.***
I	was given	***flowers*** by *the girl.*
Flowers	were given	**to me** by *the girl.*

14.2.4. Die "progressive form" kommt nur in present und past vor. Im Passiv kann die "progressive" in den anderen Zeiten nicht ausgedrückt werden.

He is reading a book. A book is being read by him.
He will be taking the train. —

14.2.5. Wenn im Aktivsatz ein Hilfsverb wie "should, must, can, could" vorhanden ist, wird die Form im Passiv so gebildet:

I must throw the ball.

	Hilfsverb	+	be	+	3. Form
The ball	must		be		thrown by me.

She could have thrown the ball.

	Hilfsverb	+	have been	+	3. Form
The ball	could		have been		thrown by her.

14.3. **Ausführliches Beispiel in allen möglichen Zeitformen**

		Active
Simple		
	Deutsch	*Englisch*
Present	Er sieht die Hunde.	He sees the dogs.
Past	Er sah die Hunde.	He saw the dogs.
Future	Er wird die Hunde sehen.	He will see the dogs.
Present Perfect	Er hat die Hunde gesehen.	He has seen the dogs.
Past Perfect	Er hatte die Hunde gesehen.	He had seen the dogs.
Future Perfect	Er wird die Hunde gesehen haben.	He will have seen the dogs.
Conditional 1	Er würde die Hunde sehen.	He would see the dogs.
Conditional 2	Er würde die Hunde gesehen haben.	He would have seen the dogs.
Progressive		
Present		He is seeing the dogs.
Past		He was seeing the dogs.
alle anderen Zeiten		———

Passive

Simple

Englisch	*Deutsch*	
The dogs are seen by him.	Die Hunde werden von ihm gesehen.	Present
The dogs were seen by him.	Die Hunde wurden von ihm gesehen.	Past
The dogs will be seen by him.	Die Hunde werden von ihm gesehen werden.	Future
The dogs have been seen by him.	Die Hunde sind von ihm gesehen worden.	Present Perfect
The dogs had been seen by him.	Die Hunde waren von ihm gesehen worden.	Past Perfect
The dogs will have been seen by him.	Die Hunde werden von ihm gesehen worden sein.	Future Perfect
The dogs would be seen by him	Die Hunde würden von ihm gesehen werden.	Cond. 1
The dogs would have been seen by him.	Die Hunde würden von ihm gesehen worden sein.	Cond. 2

Progressive

The dogs are being seen by him.
The dogs were being seen by him.
———

14.4. **Tabelle der Zeitformen im Passiv**

	Simple	
Present	am/are/is	+ 3. Form
Past	was/were	+ 3. Form
Future	will be	+ 3. Form
Present Perfect	have been/has been	+ 3. Form
Past Perfect	had been	+ 3. Form
Future Perfect	will have been	+ 3. Form
Conditional 1	would be	+ 3. Form
Conditional 2	would have been	+ 3. Form
	Progressive	
Present	am/are/is + being	+ 3. Form
Past	was/were + being	+ 3. Form

14. Passive

Setze den Satz vom Aktiv ins Passiv um. Vorsicht: einige Sätze können nicht umgestellt werden!

1. I write letters.
2. He wrote a book.
3. She will draw a picture.
4. He has found the light.
5. You will meet a friend.
6. She had sold her house.
7. He tore his letters up.
8. The man has stolen a radio.
9. The lady usually drives the car.
10. The cook beats Bob.
11. The policeman caught the thief.
12. The thief is running round the corner.
13. Professors visit the shop.
14. Linda has written a letter.
15. Some friends had met me at the station.
16. Jim always blows up the ball.
17. The man waited for the boys.
18. The girls had never heard of such a song.
19. The boys and girls have just eaten up all the cake.
20. The children laughed at the monkey.
21. An old man looked after the boy.
22. People talked about the project for a long time.
23. The keeper feeds the lions at noon.
24. Yesterday he fed them at noon.
25. Pumps carry the water to a higher place.
26. We expected him to come at three o'clock.
27. Jim cleans the house carefully.
28. Betty paints the walls beautifully.
29. Mac has cared for the baby every day.
30. John had washed the curtains well.
31. The doctor will give a lecture next week.
32. The doctor took the injured man to the hospital.
33. His friends call him Ted.
34. The mice have eaten all the bread.
35. The man will clean our windows tomorrow.
36. The secretary will type those letters.
37. They are now printing a new edition of the book.
38. Many people are visiting him in hospital.
39. Thieves were stealing fruit from the apple trees.

40. My father saw the lady at the counter.
41. The boy brings his books to school.
42. The girl has done her sums.
43. You will find the next book more interesting.
44. The clever man spoke seven languages.
45. Bob had thrown the ball quickly.
46. I shall now write eight words.
47. The old women point many fingers at Tom.
48. He helped the lady at the counter.
49. The boy hung the clothes up.
50. He gives much money to the church.
51. The old man has seen the setting sun.
52. He had spoken bad words.
53. Robbers stopped the train.
54. His wife is packing the suitcases.
55. They have often seen police officers.
56. A little girl had found the money.
57. Many people feed birds.
58. My boyfriend will hold my hand.
59. The little girl was watching the men.
60. Two friends wrote letters.
61. The teachers have read that book.
62. My sister eats apples every day.
63. The boys have often thrown the ball.
64. Will the men open the letter?
65. The little girl helps her father and mother.
66. The farmers would drive their children home.
67. The doctor had shut the doors.
68. You stole the cars.
69. You often wear a dress.
70. The artist is painting a picture.
71. They were repairing our radio.
72. She will have cleaned the windows by this afternoon.
73. They are selling his table.
74. You had often found the books.
75. I can read the book.
76. When did the boy drink the milk?
77. My brother is throwing new balls.
78. We had driven a car yesterday.
79. Did they buy a table?
80. You'll have eaten the cake by tomorrow.
81. How will they find the street?
82. My sister must blow a ball up.
83. You would have broken the dishes.

84. He has been catching balls.
85. Where do you hide your money?
86. My sisters were singing a song.
87. Why will they keep those books?
88. My brothers were hiding a book.
89. They have been drinking water.
90. We'll have put the forks away by tomorrow.
91. The dog would have bitten me.
92. Linda must bring a cake.
93. Where do you buy such clothes?
94. Did they break a chair?
95. My father would buy the ball.
96. They had found a pen yesterday.
97. When did the lion eat the man?
98. My mother is wearing a new dress.
99. Where do you see such pictures?
100. The man would hear a nice song.
101. You have been holding the baby.
102. Did they drive a car?
103. My father and mother were buying a new car.
104. We'll have found an answer by tomorrow.
105. My sister is eating a big cake.
106. Why will he bite the cat?
107. My sister had worn a dress yesterday.
108. We would have brought chairs.
109. When did the lady put the book on the shelf?
110. They must catch the ball.
111. I'll take the plates to mother.
112. Does the boy feed his cats?
113. The men were drinking coffee.
114. The babies would certainly catch my cold.
115. Has mother bought the presents?
116. Were the children carrying the tables?
117. The doctor can ring up the two patients.
118. Will the lady read those books?
119. Gangsters are following John everywhere.
120. I can't see the clock from here.
121. I have just bought a dress in London.
122. He is teaching me to swim.
123. He will have finished his homework at 9 o'clock.
124. I ate my dinner very quickly.
125. While I was feeding the dog in the kitchen, the cat caught a mouse in the garden.
126. The teacher had corrected the books very carefully.

127. Father took us to the zoo last week.
128. Many people watch television every evening.
129. They will tell us the reason soon.
130. She allowed him three minutes to get ready.
131. No one has ever taught me how to ride a bicycle.
132. You must pay the money before the end of the month.
133. You should fetch the cakes before the shops close.
134. He must paint the house in the summer.
135. You should have written the letter yesterday.
136. You must take the medicine every three hours.
137. You should buy tickets before you get on the tram.
138. You can no longer buy tickets from the driver.
139. If I had pulled the dog's tail, it would have bitten me.
140. They found a broken walking-stick near his body.
141. That man took the policeman to Mr. Brown's house.
142. They had also found some burnt papers there.
143. They couldn't catch the man for a long time.

Wenn zwei Objekte in den folgenden Sätzen vorhanden sind, mußt du zwei Sätze bilden.

144. The teacher gives Janet a pen.
145. Aunt Jane offered me a cup of tea.
146. The shops sold thousands of dolls to the visitors.
147. The teacher has just taught them a song.
148. Father told the girls a nice story.
149. The owner showed them the rooms.
150. The English girls wrote many letters to the German girls.
151. Father showed me a nice picture.
152. Mother has just given me a book.
153. He has just given me the book I asked for.
154. The little girl will show him pictures.
155. I told the children a nice story.
156. The woman showed me my room.
157. We always give them presents.
158. Linda and I have sold Mary new shoes.
159. Dick and Hank wrote their mothers a letter.
160. Father would bring you the books.
161. John and Tom sang their brothers a song.
162. Tina and I have given father many books.
163. Tom and I have thrown John three balls.
164. Ken and Dave fed their dogs a bone.
165. The boys have thrown Tom a ball.
166. Linda and I always show our mother the books.

167. The boys will have sold their sisters some books.
168. Dick is giving Jane three new records.
169. Did the women tell the girls the story?
170. The little boy showed his father many pictures.
171. Tom threw the ball to Mary.
172. Mother was showing the house to the new guest.
173. Sally will give it to you later.
174. They gave her a prize.
175. Did they offer you a job?
176. They have given all the money to the workers.
177. Did they show you all the rooms?
178. They have offered him a cup of tea.
179. They promised John a new car for his birthday.
180. Did they give you enough money?
181. Someone lent me that book for the weekend.

Setze den Satz vom Pasiv ins Aktiv um.Wenn nötig, mußt du ein Subjekt erfinden.

182. That book has been read by many people.
183. What will the child be given?
184. The toy was blown up by father and mother.
185. Are the dogs always held by the man?
186. Was the car stolen by thieves?
187. No prizes will be won by bad students.
188. This meat is often eaten by lions.
189. Silly things have often been said by such men.
190. She said that a German song would be sung by a young lady.
191. All the people had been made happy by the good king.
192. Bad mistakes have never been made by those men.
193. The gifts for our friends will be brought by Tom.
194. The missing bag was found by the boys.
195. The meal is being prepared now.
196. The suitcases were being carried by two men.
197. You will be forgiven soon.
198. Such things are no longer sold.
199. We will be given a lesson tomorrow.
200. A prize was given to her.
201. Were you offered a job?
202. All the money was given to the workers.
203. Were you shown all the rooms?
204. Students have never been taught how to do that.
205. The house was sold for six thousand pounds.
206. He'll be arrested soon.
207. Where is the sugar kept?

208. The house was hidden by the trees.
209. Was the toy broken by the child?
210. Are those songs often sung by that class?
211. Where will the bad man be taken?
212. My sister has been sold books by those men.
213. Many songs were laughed at by the silly men.
214. The house was looked after by my father.
215. Are the balls often caught by my sister?
216. Was the letter written by my sister?
217. That car has been driven by many people.
218. When will the lions be fed?
219. Is that song sung every Sunday?
220. Those two dresses are often worn by that girl.
221. The ball would've been hit by the man.
222. The girl's song was heard by two men.
223. The pigs have often been seen by boys.
224. The apples are always eaten right away.
225. The dogs were beaten by the bad boy.
226. With what are the floors swept by the woman?
227. When were the dresses sewn by the girl?
228. How many hands are being held by me?
229. A big hole has been dug quickly.
230. The newspaper will be brought upstairs by father.
231. Old bombs are still found (by workmen) every year.
232. How is money stolen by thieves?
233. The candles were being lit (by the man) when I left.
234. The balls have been broken by the car.
235. Why were the rooms shown you (by him)?
236. How often are the children shaken by their father?
237. Skyscrapers are being built by that city every year.
238. How many slices of bread have been eaten (by him) tonight?
239. Is the horse being ridden by the owner at the moment?
240. The boy's words were being carefully chosen by him.
241. Yes, we will be met (by them) at the station.
242. The girls would have been bitten by the dogs if they had come near.
243. How long has the money been hidden by the thieves?
244. Your finger would soon be cut if you kept on.
245. When will the prizes be given to you?
246. Where were the deer shot by the hunter?
247. The leaves will have been blown by the wind tomorrow.
248. The birds were fed by the little girl.
249. Their voices could be heard by the teacher if they spoke louder.
250. Eight balls had been caught by that player.

15. Reported Speech (Indirekte Rede)

15.1. Die Zeitformen der direkten Rede werden wie folgt umgewandelt, um die indirekte Rede zu bilden:

direct		indirect
Present	→	Past
Past	→	Past Perfect
Present Perfect	→	Past Perfect
Past Perfect	→	Past Perfect
Future	→	Conditional 1
Future Perfect	→	Conditional 2

15.2. **Statements.**

Aussagesätze werden, wie oben angegeben, umgewandelt. Man kann ein ***"that"*** (daß) einsetzen oder auch weglassen.

- He said, "I go home."
  He said (that) he went home.
- She stated, "We will go to London."
  She stated that they would go to London.

15.3. **Questions.**

Statt "that" gebraucht man **"if"** oder **"whether"**, wenn die Frage in der direkten Rede mit "yes" oder "no" beantwortet werden kann.

- She asked, "Do you go home every day?"
  She asked if (whether) you went home every day.
- She asked, "Will you be going home?"
  She asked whether (if) you would be going home.

Wenn "interrogative words" (Fragewörter) (z.B. ***how, how many, what, when, where, why*** usw.) vorhanden sind, gebraucht man diese auch in der indirekten Rede. In solchen Sätzen darf man weder "if" noch "whether" gebrauchen.

- She asked, "How old are you?"
  She asked how old you were.

15.4. **Commands**

Wenn man ''***said***'' gebraucht, kommt ''***that . . . should***'' danach.

- She said, ''Open your books.''
  She ***said that*** we ***should*** open our books.

Wenn man ''***to ask, to order, to tell***'' oder ein anderes Befehlswort gebraucht, kommt ein ''***to + infinitive***''.

- She ***told*** them, ''Open your books.''
  She ***told*** them ***to open*** their books.

15.5. ''Personal pronouns'' müssen sinngemäß **umgewandelt** werden.

- She said, ''***I*** like cake.''
  She said that ***she*** liked cake.
- Mary said, ''***We***'ll go there.''
  Mary said that ***they*** would go there.

15.6. **Wortumwandlungen.** Die Wörter in der linken Spalte sind Formen, die in der direkten Rede vorkommen. Sie werden in der indirekten Rede durch die entsprechenden Formen in der rechten Spalte ersetzt.

yet	→	up to that time
this/these	→	that/those
here	→	there
now	→	then; at that time
ago	→	before
last	→	the previous; the . . . before
next	→	the next; the following; the . . . after
today	→	that day
tonight	→	that night
yesterday	→	the previous day; the day before
tomorrow	→	the next day; the day after; the following day
the day before yesterday	→	two days before; two days earlier
the day after tomorrow	→	two days after; two days later; in two days time

15.7. Wenn das Verb in der Einführung nicht im ''past'' steht, bleibt die Zeitform im Hauptsatz bestehen: sie braucht nicht umgewandelt zu werden.

- Mary ***asked***, ''***Are*** you going, John?''
  Mary ***asked*** John if he ***was*** going.

aber:

- Mary often ***asks***, ''***Are*** you going, John?''
  Mary often ***asks*** John if he ***is*** going.

15. Reported Speech

Ändere den Satz von der direkten Rede in die indirekte Rede um.

1. He said, "I went home at 2 o'clock yesterday."
2. He said, "I'll go home at 5 o'clock."
3. He said, "I always go home at 6 o'clock."
4. He said, "I've been going home at 8 o'clock."
5. He said, "I want to go home at 4 o'clock."
6. He said, "I wanted to go home at 4 o'clock."
7. He said, "I have to go home at 4 o'clock."
8. He said, "I had to go home at 4 o'clock."
9. He said, "I'll have to go home at 4 o'clock."
10. He said, "I must go home at 4 o'clock."
11. He said, "I'll be going home at 4 o'clock."
12. Peter asked Jim, "Will you send it back tomorrow?"
13. John said to Jane, "You forgot to send me a present."
14. John asked George, "Does your dog bite?"
15. Jim said to Dave, "Take the next street to the left."
16. John told Jim, "Don't tell Mary."
17. Tom said, "My brother's gone home."
18. Mary: "Are you laughing at me, Dick?"
19. Jim: "Please go with me, Linda."
20. Bill asked Harry, "How much did you pay for your coat?"
21. Mary told Bill, "Find me a nice book."
22. Ann told Jim, "This piece of cake is for you."
23. Fred told Helen, "You put your umbrella in my car yesterday."
24. Father told Mother, "Give Jim a bigger piece of cake."
25. Father told Mother, "I will see Jim tomorrow."
26. Mary asked Bill, "Have you heard the new song?"
27. Mary asked Bill, "Open the window."
28. Fred said, "I'm going to the city today and I'll fly to London the day after tomorrow."
29. Mary asked Jim, "Where have you hidden my shoe?"
30. Bill asked Ann, "How long have we known each other?"
31. The man told the girl, "If I catch you here again, I'll ring your father up."
32. Jim said to Tom, "I saw you here two years ago."
33. Mary asked Father, "Have you bought the books yet?"
34. Linda said, "I'll be going to school next year."
35. Jim: "Talk louder, Mary."
36. John said, "My sister flew to New York last week."
37. Mary asked, "Will they come at 3 o'clock?"
38. Mary: "Shall we be here at 3 o'clock to help her?"
39. Father: "You can't have a car, Bill."

40. Mother: ''I'm sorry I can't help you with English, Linda.''
41. The thief warned the boy, ''If you shout, I'll kill you.''
42. Your father promised us, ''I'll go to the zoo with you.''
43. Bill maintained, ''I want to marry Betty.''
44. Sue responded, ''I knew them when they were young.''
45. Tom and Lucy proudly said, ''We have done everything ourselves.''
46. The Taylors complained, ''We had a terrible holiday.''
47. Dotty asked us, ''Were you at home on Wednesday?''
48. The men asked their wives, ''Did we really go there last night?''
49. Peter: ''I promise to be home at 10 o'clock.''
50. The girl asked me, ''Will you help me tomorrow?''
51. She asked him, ''Did you read the newspaper yesterday?''
52. They said to us, ''Walk slowly if you don't want to fall.''
53. He told us, ''Look at the shops and don't talk so loudly.''
54. She said, ''I bought this dress the day before yesterday.''
55. He asked her, ''Do you see that tree?''
56. She asked him, ''Are you flying to Moscow tomorrow?''
57. He said, ''I have read 20 books this year; last year I read only 15; next year I'll certainly read more.''
58. The boy told the policeman, ''I can't see them now.''
59. She said to the boy, ''I have cleaned the kitchen twice today. If you think I'm going to clean it again because you broke the dish, then you are wrong. I'll wait until tomorrow.''
60. Mary said, ''I'm going to the cinema tomorrow.''
61. Mary told Jim, ''You can have dinner with us this evening.''
62. Mary said, ''We'll go to the beach when we have had lunch.''
63. Mary said, ''I don't like cats, but I like dogs.''
64. Mary told Jim, ''Come quickly and see what I have done.''
65. Mary asked Jim, ''When will we arrive?''
66. Mary said, ''I didn't finish my homework yesterday because I was so tired after the party the day before yesterday.''
67. Mary said, ''My aunt lives in this house over here.''
68. Mary said to Jim, ''Close the window before you leave.''
69. Mary said, ''Jim must hand in his book and then he can go home.''
70. Mary asked her mother, ''At what time will the party start?''
71. John said to Paul, ''If we walk quietly, we can see the rabbits.''
72. ''Yesterday I was at the cinema and tomorrow I must visit my grandmother,'' said Mary.
73. ''Susan will be in Bonn this afternoon, '' she said.
74. ''Are you going home at 4 o'clock?'' my boss asked me.
75. ''After we have had lunch, we'll be playing cards,'' they told us.
76. ''Wipe your shoes before you come in,'' father told Mike.
77. ''Why haven't you washed the cups?'' the woman asked us.
78. Mary said, ''I didn't see anyone here two hours ago.''

79. "Mary and Peter are coming today and Bill's not leaving until next Wednesday," I said.
80. Aunt Jane said to Peter, "Switch the light off and close the door before you leave the house."
81. "When does the plane arrive in London?" we asked the stewardess.
82. The policeman asked the boy, "What's your name?"
83. You said to us, "Take your coats into the big room."
84. You said to us, "You have held it nicely."
85. He said, "I must go home at four o'clock."
86. "Does your toe hurt?" the doctor asked the man.
87. Father asked us, "How far are you walking today?"
88. The woman said, "I'll play tennis again soon."
89. The doctor asked Marie, "Why didn't you take your baby to the hospital last week?"
90. The teacher told us, "Leave the building."
91. Mother said to you, "You have done it very poorly."
92. The men asked the girls, "Did you go there yesterday?"
93. Martha said to me, "Don't work too hard."
94. "My sister lived here two years ago," the old woman said.
95. "If the weather doesn't change, we can't leave," the captain said to his men.
96. He said, "I'll come as soon as I've finished the book I'm reading."
97. Mrs. Jones said, "I'll help him if I can."
98. Their daughter said to them, "I'm not going to school today."
99. "Why didn't you try the other door?" her mother asked us.
100. He asked her, "Can you come?"
101. He said to us, "Get out of my house immediately."
102. She asked him, "Do you want anything else?"
103. My mother asked me, "Are you washing your face?"
104. John told us, "Someone broke into my house last night."
105. Jane said to us, "I'm glad to hear you're so happy."
106. She told her, "Have a good time."
107. Linda: "We haven't seen each other for a long time, Dave."
108. Dave: "What have you been doing, Linda?"
109. "I have something to show you," I said to her.
110. "Nothing ever grows in my garden," she said.
111. "I'm going away tomorrow, mother," he said.
112. "We have a lift, but very often it doesn't work," they said.
113. "I have an English lesson tomorrow and I haven't done my homework yet," said the small boy.
114. "I'm going fishing with my father this afternoon," said the boy.
115. "I'll wait until my boy comes in, but I hope he won't be too late," said Mrs. Small.
116. The policeman asked the man, "What's your name?"
117. The boys asked the girls, "Did you come here yesterday?"

118. Mother told him, ''Look in the cupboard.''
119. You said to us, ''Take your dogs for a walk now.''
120. They said to her, ''You have written it neatly.''
121. You asked me, ''When will you come home tomorrow?''
122. ''If you go there,'' she told us, ''you will see two dogs.''
123. He said to you, ''If you had read that book, you'd have seen the word.''
124. You said, ''He didn't eat the apple after he'd stolen it.''
125. He said to me, ''If you are helping your mother now, you can go to the zoo with me the day after tomorrow.''
126. He asked his wife, ''Do you want me to come home at 4 o'clock?''
127. He said, ''I promise I'll be home at 4 o'clock.''
128. Judy told Bill, ''I'll miss you very much.''
129. Fred told Helen, ''I've lost my key, but I've found yours.''
130. George said, ''I think I left it on my desk.''
131. Peter was very late. He explained that... (''I missed the train.''
132. John asked Mary, ''What are you doing?''
133. John asked Peter, ''How did the film end?''
134. George asked Mary, ''Why isn't my food ready?''
135. The waitress asked the lady, ''Would you like tea?''
136. Tom asked Jane, ''Can you catch the ball?''
137. We answered, ''He's sitting over here.''
138. Ruth: ''Don't drink that water, Ken.''
139. They asked us, ''Haven't you bought a tree yet?''
140. They said, ''He's sat here for two hours now.''
141. Linda asked them, ''Where will you sleep tomorrow?''
142. Tom said to Peggy, ''If you taught me the words today, I would forget them again.''
143. He said, ''I spend all my money on horses.''
144. Bob: ''Hold my book, Dolly.''
145. They said to us, ''You threw the chair away three years ago.''
146. She said to me, ''I'd not say that if I were you.''
147. She said, ''I swim every day.''
148. Linda said, ''I must show you the book tomorrow, Bob.''
149. They said to us, ''You sat here two days ago.''
150. Linda said, ''The men've now shot five birds here this afternoon.''
151. They told me, ''You didn't sit here yesterday.''
152. We said, ''We won't bring you here again.''
153. Tom said to Becky, ''I'd not go with you if it weren't necessary.''
154. Bill said, ''He's learning the words.''
155. Ben said to Linda, ''If you flew to New York the day after tomorrow, you would see Carter.''
156. She said, ''I know all the people here.''
157. Tom asked them, ''When will you go next year?''
158. They said, ''He was wearing a brown coat yesterday.''

159. Ruth told Mac, "Sing the song."
160. Tom: "Don't drive too fast, Linda."
161. They said, "He was feeding the deer yesterday."
162. Ben asked, "When have you ridden on the bus, Peggy?"
163. Linda said, "I cut my finger the day before yesterday."
164. Mother told Father, "I'd not ask you to go if I could go."
165. Mom said, "They've now found ten toys under the chairs here."
166. She said, "I love my new book very much."
167. John said, "Take the dog out, Linda."
168. Linda said, "I must sell my books the day after tomorrow."
169. Linda told Tom, "Don't blow the candle out."
170. "I haven't kept your ring," Jenny told her boyfriend.
171. The man said to his sister, "I have bought two dresses for you this week."
172. Richard asked his mother, "What did you do two weeks ago?"
173. Bob said to Susan, "Don't begin to read."
174. My brother asked Linda, "Do you always throw your books in the corner?"
175. Tom reported, "I won't go there again."
176. Bob said to Linda, "I have known you for a long time."
177. Susan told Jenny, "Buy tomatoes today."
178. Linda said to me, "I'll hold your book here."
179. The boys asked us, "Did you sell your car?"
180. Cathy replied, "I'm drinking milk now."
181. Tom: "Please give me your pen, Peggy."
182. Carl told Susan, "You didn't think of that yesterday."
183. The woman told her husband, "I'll be singing that song the day after tomorrow."
184. Tom said to Peggy, "Catch this ball."
185. Daniel said, "I often take a bus."
186. The girls said to their mothers, "We were running to school when you saw us."
187. My sister asked me, "When will you wake up tomorrow?"
188. Cathy told Ben, "I don't understand what you said."
189. "At what time do you get up, Peter?" asked Mary.
190. The mother told her girl, "You can go to school when you are six years old."
191. "While I was on holiday this year, I visited the British Museum," said Tom.
192. "Hurry up or you'll be late for school," mother told us.
193. "If you have a dog, you'll have to take it out every day," the girl told me.
194. "Why didn't you stay at home last night?" the girl asked her boyfriend.
195. "I think I've seen you before, Miss Smith," said the doctor.
196. The teacher said to us, "Open your books and begin to read."
197. "I didn't see anyone here two hours ago," Jim told Linda.
198. "Did you see my pen?" the man asked his daughter.
199. "Do you like red dresses?" the lady asked me.
200. Bill told Mary, "You left your umbrella in my car yesterday."
201. "Have you been to the zoo this week?" the man asked the children.

202. Mary said that ... (''I saw the car accident''), but she denied that ... (''But I didn't cause it.'')
203. ''Can we take a piece of cake?'' the children asked.
204. ''Are you coming to my party tomorrow, Tom?'' Peggy asked.
205. ''Did you tell my sister to come, Linda?'' Dan asked.
206. ''Must we go to the doctor's tomorrow?'' the boys asked their father.
207. Judy said to Tom, ''I went there earlier than you.''
208. Linda said, ''I'll go there in March.''
209. Dan said, ''I've heard that before.''
210. Tom said, ''We go there often, mother.''
211. Andrea said, ''They'd seen the dog.''
212. Ann said, ''Linda and I threw her the ball two days ago.''
213. Susan said, ''You'll buy a car next week, father.''
214. ''I'm sure I left your book on my desk, Jane,'' Tom said.
215. ''Don't stay too long or you'll have to go home in the dark,'' father warned the girls.
216. ''If you don't work hard in class, you won't understand what I was saying,'' the teacher told us.
217. ''Yesterday I was at home and tomorrow I'm going to the zoo,'' reported Mary.
218. ''I visited my uncle three weeks ago,'' replied John.
219. ''I'm leaving tomorrow, father,'' she said.
220. ''I'll be with you as soon as I'm ready,'' Linda told Dick.
221. Dan explained, ''We'll go on Friday.''
222. ''You've played very much today,'' the teacher told the children.
223. They shouted, ''He's washing the car.''
224. ''Linda, you can't go out with Tom,'' said Father.
225. Tom's sister replied, ''He always comes home at noon.''
226. ''We'll be taking the test tomorrow,'' said the boys.
227. ''We went to church yesterday,'' their father said to the girls.
228. ''I had seen you often,'' the neighbour said to Tom.
229. ''The boy'll be going home soon,'' said the teacher.
230. ''I have been here for three hours,'' she replied.
231. ''We don't want to see you now, Tom,'' they said.
232. ''I came home today,'' the daughter answered.
233. ''Betty, I want to marry you,'' Tom said.
234. ''You haven't played with any toys, Linda,'' mother said.

Wähle die richtige Antwort.

235. ''I hope you are happy,'' she told him.
    a.) She told him she hopes you are happy.
    b.) She told him she hoped I am happy.
    c.) She told him that he hopes you are happy.
    d.) She told him she hoped he was happy.

236. ''We'll take a test tomorrow,'' said the sad pupils.
   a.) The sad pupils said we'll take a test tomorrow.
   b.) The sad pupils said we would take a test tomorrow.
   c.) The sad pupils said they'll take a test the next day.
   d.) The sad pupils said they would take a test the next day.
237. ''They went to church yesterday,'' the father said.
   a.) The father said they went to church yesterday.
   b.) The father said we went to church yesterday.
   c.) The father said that they have gone to church the previous day.
   d.) The father said that they had gone to church the previous day.
238. ''We had seen them often,'' said the neighbour.
   a.) The neighbour said they had seen them often.
   b.) The neighbour said we had seen them often.
   c.) The neighbour said they saw them often.
   d.) The neighbour said they saw us often.
239. ''He'll be going home soon,'' said the teacher.
   a.) The teacher said he was going home soon.
   b.) The teacher said he would be going home soon.
   c.) The teacher said that he will be going home soon.
   d.) The teacher said that he is going home soon.
240. ''I have been here for two hours,'' she replied.
   a.) She replied that she had been there for two hours.
   b.) She replied that she has been there for two hours.
   c.) She replied that she has been here for two hours.
   d.) She replied that she had been here for two hours.
241. ''They know our names,'' she stated.
   a.) She stated that they know your names.
   b.) She stated that we know our names.
   c.) She stated that they knew her names.
   d.) She stated that they knew their names.
242. ''They'll run quickly next time,'' she remarked.
   a.) She remarked that we'll run quickly next time.
   b.) She remarked that we'd run quickly the next time.
   c.) She remarked that they'll run quickly the last time.
   d.) She remarked that they would run quickly the next time.
243. ''I came home today,'' the daughter said.
   a.) The daughter said that she had come home today.
   b.) The daughter said that she had come home that day.
   c.) The daughter said that she came home today.
   d.) The daughter said that she came home that day.

244. "I want to marry Betty," he said.
   a.) He said he wanted to marry Betty.
   b.) He said he had wanted to marry Betty.
   c.) He said he wants to marry Betty.
   d.) He said he did want to marry Betty.
245. "He has stood for two hours," the man said.
   a.) The man said that he has stood for two hours.
   b.) The man said that he stood for two hours.
   c.) The man said that he had stood for two hours.
   d.) The man said that he stands for two hours.
246. "You paid high prices," he commented.
   a.) He commented that they have paid high prices.
   b.) He commented that they had paid high prices.
   c.) He commented that you paid high prices.
   d.) He commented that they paid high prices.
247. "He didn't play any tennis," his father said.
   a.) His father said that he doesn't play any tennis.
   b.) His father said that he hadn't played any tennis.
   c.) His father said that he didn't play any tennis.
   d.) His father said that he hasn't played any tennis.
248. "He has been working late," said his friends.
   a.) His friends said he had been working late.
   b.) His friends said he has been working late.
   c.) His friends said he was working late.
   d.) His friends said he had worked late.
249. "The wine tastes wonderful," the waiter said.
   a.) The waiter said the wine tasted wonderful.
   b.) The waiter said the wine tastes wonderful.
   c.) The waiter said the wine would taste wonderful.
   d.) The waiter said the wine had tasted wonderful.
250. "We found everything boring," they said.
   a.) They said they found everything boring.
   b.) They said they had found everything boring.
   c.) They said they would find everything boring.
   d.) They said they have found everything boring.
251. "I see her too often," he responded.
   a.) He responded that he has seen her too often.
   b.) He responded that he sees her too often.
   c.) He responded that he saw her too often.
   d.) He responded that he had seen her too often.

252. ''I'll be here tonight,'' the boy promised.
   a.) The boy promised he'll be here that night.
   b.) The boy promised he'll be there tonight.
   c.) The boy promised he'd be there that night.
   d.) The boy promised he'd be here that night.
253. ''We shall ring up the station now,'' he promised.
   a.) He promised we would ring up the station now.
   b.) He promised they should ring up the station now.
   c.) He promised they will ring up the station then.
   d.) He promised they would ring up the station then.
254. ''Has he gone now?'' she asked.
   a.) She asked that he had gone then.
   b.) She asked if he had gone then.
   c.) She asked if he had gone now.
   d.) She asked if he has gone now.
255. ''Send an officer at once!'' he commanded.
   a.) He commanded that an officer is sent at once.
   b.) He commanded them to send an officer at once.
   c.) He commanded them to sent an officer at once.
   d.) He commanded them that an officer should send at once.
256. ''Hands up, Tom!'' he yelled.
   a.) He ordered Tom to put his hands up.
   b.) He ordered that Tom should put his hands up.
   c.) He ordered if Tom had put his hands up.
   d.) He ordered Tom to have put his hands up.
257. ''Did he go home?'' he inquired.
   a.) He inquired whether he went home.
   b.) He inquired whether he did go home.
   c.) He inquired whether he had gone home.
   d.) He inquired that he had gone home.
258. ''Do they often have tests?'' the girls asked.
   a.) The girls asked if they often do have tests.
   b.) The girls asked that they often had tests.
   c.) The girls asked if they often have had tests.
   d.) The girls asked if they often had tests.
259. ''Did he have much money?'' asked the burglar.
   a.) The burglar asked if he had much money.
   b.) The burglar asked if he had had much money.
   c.) The burglar asked if he did have much money.
   d.) The burglar asked that he had had much money.

260. "I speak English and next year I'll learn French," she boasted.
    a.) She boasted that she would speak English and learned French the next year.
    b.) She boasted that she had spoken English and would learn French the next year.
    c.) She boasted that she spoke English and would learn French the next year.
    d.) She boasted that she spoke English and learned French the next year.
261. He said, "We will go next Tuesday."
    a.) He said we will go next Tuesday.
    b.) He said they will go the following Tuesday.
    c.) He said they would go the following Tuesday.
    d.) He said we would go the following Tuesday.
262. The reporters said, "They saw the last game."
    a.) The reporters said that they have seen the last game.
    b.) The reporters said that they saw the last game.
    c.) The reporters said that they had seen the previous game.
    d.) The reporters said that they were seen the last game.
263. The teacher said, "You have worked hard this week."
    a.) The teacher said that you had worked hard that week.
    b.) The teacher said that you have worked hard this week.
    c.) The teacher said that you worked hard this week.
    d.) The teacher said that you had worked hard this week.
264. They yelled, "He is washing the car now."
    a.) They yelled he is washing the car at that time.
    b.) They yelled that he was washing the car at that time.
    c.) They yelled that he is washing the car now.
    d.) They yelled that he was washing the car now.
265. Mother said, "I can't go out with George."
    a.) Mother said that she won't go out with George.
    b.) Mother said that she can't go out with George.
    c.) Mother said that she couldn't go out with George.
    d.) Mother said that she wouldn't go out with George.
266. His sister replied, "He comes home early."
    a.) His sister replied that he came home early.
    b.) His sister replied that he is coming home early.
    c.) His sister replied that he had come home early.
    d.) His sister replied that he would be coming home early.
267. The widow said, "My husband had always been kind."
    a.) The widow said her husband had always been kind.
    b.) The widow said her husband was always kind.
    c.) The widow said her husband has always been kind.
    d.) The widow said my husband had always been kind.

Ändere den Satz von der indirekten Rede in die direkte Rede um.

268. He said to Linda that she would be home soon.
269. He asked Don to help him.
270. He agreed with Nancy that her dress was nice.
271. He asked Peggy if she had been there the day before.
272. He said to the people that they should be quiet.
273. We asked Tom not to go with Dick the next day.
274. You said that we had been very quiet that day.
275. Linda asked us if we had been to London up to that time.
276. They said that Linda had helped them two days before.
277. You asked us if we would see Tom the following day.
278. They said to us that we should run to the bus that morning.
279. We agreed with Linda and said that she could write a letter.
280. She ordered Tom to write a book.
281. You asked us if we were going shopping the next day.
282. You said that Tom would be helping you in two days time.
283. I told the boy not to pick the apples there.
284. They told me that I had to take the bus the following day.
285. We asked them if they would have to drink alcohol at the party.
286. They agreed with Linda and said that it would have been better if she had gone to school earlier.
287. The man said he had driven the car the previous day.
288. The lady asked Tom to pick up his coat.
289. The boy asked whether Linda would be coming the following day.
290. The man told Dan to sit down.
291. The woman said the wind had been blowing very strongly there the previous day.
292. The teacher asked us if we would be flying to America two days after.
293. Peter asked us if we had gone by train the day before.
294. The doctor asked the child what she had done to the dog the previous day.
295. Dan told Jenny that it was her turn to feed the cat the following day.
296. They asked Don if he was building the garage then.
297. My girlfriend agreed to come to my house the following Friday.
298. The students asked the teacher if he would know the result of the test in two days time.
299. I asked my sister if she always bound those flowers.
300. Father asked Linda if she had drawn a picture the day before.
301. The boys asked the girls if they wanted to dig a hole that night.
302. The Smiths said that they had bought the table the previous week.
303. The girl told me that she cut her finger that day.
304. Our friends asked us when we would be meeting the people the next day.
305. The man asked me if I had begun to write the letter up to that time.
306. They told us that they would drive to the city the next day.

307. We asked the policemen if they had caught the thief the month before.
308. Tom's uncle asked him why he had fought with the other boy two days before.
309. Mother asked the boy if he had bitten that apple.
310. The stranger asked Carl what he had found two days before.
311. I told Mary that I was bringing her milk at the time.

16. Some — any

16.1. **some, somebody, someone, something, somewhere**

Die Wörter werden in den folgenden Fällen gebraucht:

- in Sätzen, wo kein ''nein'' vorhanden ist.

  I see ***something***.

- in Fragesätzen, wenn man meint, daß die Antwort ''ja'' sein wird.

  Did ***somebody*** phone?

- wenn man von einer unzählbaren Sache spricht.

  Would you like ***some*** cheese?

16.2. **any, anybody, anyone, anything, anywhere**

Die Wörter werden in den folgenden Fällen gebraucht:

- in Sätzen, in denen ein ''nein'' vorhanden ist.

  I do***n't*** see ***anything.***

- in Fragesätzen, wenn man nicht weiß, was für eine Antwort kommt.

  Did she say ***anything*** about Tom when you asked her?

16. Some — any

Setze das richtige Wort (eine Form von ''some'' oder ''any'') in die Lücke ein.

1. Could we have ______ of the green apples, please?
2. (-thing). Haven't you heard ______ about the accident yet?
3. We will find ______ way of helping her.
4. Can't you see ______ way of helping her?
5. Would you like ______ pretty red strawberries?
6. (-thing). ______ must have happened to her!
7. The baby seems thirsty. Does he want ______ more milk?
8. (-where). We won't go ______ if you keep on arguing.
9. They don't have ______ TV any more.
10. You have so many stamps. Won't you give me ______?
11. (-thing). The child won't say ______ to me.
12. ______ of our pictures didn't turn out well.
13. We won't take ______ radio with us on vacation.
14. I would like ______ more cheese, please.
15. What's in the bag? ______ candy?
16. We haven't seen ______ of them for a long time.
17. The girl's all wet! Have you got ______ dry clothes for her?
18. (-where). You must be going ______ this summer!
19. The girl wanted ______ water.
20. You look hot and tired. Would you like ______ water to drink?
21. (-thing). The baby hasn't eaten ______ yet.
22. (-body). ______ must be going!
23. I don't see the new balls. Have you got ______ more?
24. The clothes are dirty. Are you going to wash ______ today?
25. (-thing). No, I don't want ______.
26. You could have ______ butter if you'd like.
27. Haven't you heard ______ news recently?
28. When Tom was quiet, he saw ______ deer.
29. (-body). It looks so empty. Isn't ______ home?
30. (-thing). You look funny. Do you have ______ to tell me?
31. (-where). I'm sure we'll meet ______ again.
32. (-where). They couldn't find the child ______.
33. We still have ______ butter rolls if you want ______.
34. It was so dark. Could you see ______ rabbits in the field?
35. Where have you got ______ cornflakes?
36. Have you managed to watch ______ of the soccer games?
37. (-where). His shoes must be ______ in the living-room.
38. Could we please have ______ cookies, Mom?
39. (-thing). I read ______ about the accident yesterday.
40. (-where). We can't find her ______.

41. Come, I've got ______ biscuits for you.
42. (-body). You mustn't tell ______ what I said.
43. (-body). ______ must have taken my chair.
44. We bought ourselves ______ new clothes yesterday.
45. You bought so many stamps yesterday. Have you still got ______?
46. He didn't want ______ money, did he?
47. (-thing). ______ or other kept her awake.
48. (-body) The man hasn't helped ______ yet.
49. ______ lights were on in the house when we saw it.
50. You look hungry. Haven't you had ______ breakfast?
51. (-thing). We saw ______ suspicious over there.
52. Have you got ______ oil?
53. (-where). Don't go ______ near that hole!
54. (-body). Can't ______ help me?
55. Did you take ______ pictures of us in the water?
56. They haven't met ______ interesting people.
57. (-where). We were ______ near that city.
58. That man doesn't like ______ dogs at all.
59. Tea's ready. Would you like ______?
60. Didn't you see ______ monkeys at the zoo?
61. (-where). It was raining so hard. We couldn't go ______.
62. Her mother likes only ______ of the music.
63. (-body). ______ has drunk my milk!
64. (-thing). Didn't you see ______ suspicious?
65. That must have been ______ show last night!
66. (-body). Could you recognize ______ in the thick fog?
67. I'm sure she'll write to you ______ time soon.
68. (-thing). ______ loud woke me up.
69. I'd like ______ cream, please.
70. This shop doesn't sell ______ beer.
71. (-body). The floor's all wet. ______ spilled water.
72. Knowing you, you haven't seen ______ soccer lately.
73. We've got too much sand. Would you like ______?
74. The girls asked ______ smart questions.
75. (-body). I surely hope ______ will be there when we arrive!
76. When she was 16, she hadn't driven ______ car yet.
77. (-thing). You'll get ______ nice when Grandma comes.
78. They have ______ children.
79. (-where). I'm sure they wouldn't have gone ______ near that house.
80. (-body). No, I don't think ______ saw me.
81. Dad, could I please have ______ money?
82. (-thing). Father won't buy ______ for you if you're bad.
83. Please give me ______ water.
84. (-thing). Although he's late, I don't think ______ has happened to him.

85. You're eating cheese! Where did you find ______?
86. The children's mouths are dirty. Did you buy ______ ice-cream for them?
87. (-body). We didn't see ______.
88. (-where). I've seen you ______ before.
89. (-where). She won't find you ______.
90. Would you like to drink ______ tea, children?
91. She bought ______ shoes.
92. (-body). ______ is sleeping in my bed.
93. No, we don't want ______ apples.
94. ______ day my prince will come.
95. (-where). The children are ______ in the woods.
96. (-thing). No, she won't take ______ from you.
97. We didn't have ______ money yesterday.
98. (-where). The keys must be lying ______ on the table.
99. We met ______ very nice people at the party.
100. (-where). They wouldn't go ______ near the water.
101. (-thing). There was ______ else I wanted to tell you.
102. (-body). I haven't seen ______ today.

17. Adverbials

17.1. Adverbials können aus einem Wort (adverbs) oder aus mehreren Wörtern (adverbial phrases) bestehen.

17.2. Adverbials geben Antwort auf die Fragen:

when, where, how, how often

17.2.1. **Adverbials of time** (Zeitadverbien)

Um ein adverbial of time festzustellen, fragen wir ''***when***''.

z.B.:
afterwards, already, before, early, for (3 weeks), ago, immediately, in 1980, in winter, just, last (night), late, lately, later, long ago, next (week), now, once, once upon a time, one day, recently, since (Easter), so far, soon, still, then, the other day, this (week), today, tomorrow, tonight, yesterday, yet

We went to the zoo ***yesterday***. When did we go to the zoo?
in the morning.

''Yesterday'' ist das ''adverb of time'' in diesem Satz.
''In the morning'' ist das ''adverbial of time.''

17.2.2. **Adverbials of place** (Ortsadverbien)
Die Frage dazu lautet: ***''where.''***

z.B.:
above, anywhere, below, everywhere, here, home, in, inside, near, nowhere, out, outside, somewhere, there, to the left, to the right

We went ***home*** yesterday. Where did we go?
to the zoo

''Home'' ist das ''adverb of place.''
''To the zoo'' ist das ''adverbial of place'' in dem obenstehenden Satz.

17.2.3. **Adverbials of frequency** (Häufigkeitsadverbien) beantworten die Frage ''***how often***.''

z.B.:
always, continually, daily, each time, ever, ever so often, every (day), every now and then, for the most part, frequently, generally, hardly ever, hourly, monthly, never, occasionally, often, once, once a (month), periodically, rarely, repeatedly, seldom, several times, sometimes, three times, twice, usually, weekly

I ***always*** feed the cat. How often do I feed the cat?
''Always'' ist das ''adverb of frequency'' in diesem Satz.

Adverbs of frequency, insofern sie aus ***einem*** Wort bestehen, stehen in dem Satz ***vor*** dem Vollverb bzw. nach dem ersten Hilfsverb.

I have ***never*** been to Berlin.
He would ***seldom*** have taken a book.

17.2.4. **Adverbials of manner** (Adverbien der Art und Weise). Sie beantworten die Frage ''***how***''.

z.B.:
carefully, -fashion, fast, happily, hard, in a (funny) manner, in a (silly) way, long, -ly, -style, well, -wise

I always run ***quickly***. How do you always run?
''Quickly'' ist das ''adverb of manner'' in diesem Satz.

- Meistens werden sie vom dem Adjektiv oder Partizip dadurch gebildet, daß wir die ***Endung ''ly''*** hinzufügen.

  quick — quickly; slow — slowly

- Wenn das Adjektiv mit ''y'' endet, dann wird das ***''y'' durch ''i'' ersetzt*** und danach die Endung ''ly'' hinzugefügt.

  happ***y*** — happ***ily***

- Ein ***''le''***, das nach einem Konsonanten kommt, wird ***in ''ly'' umgewandelt***.

  z.B.:
  able, comfortable, gentle, idle, noticeable, possible, probable, reliable, sensible, simple, terrible

  gen***tle*** — gen***tly***

- Adjektive, die mit *"-ic"* enden, werden zu *"ically"*.

  z.B.:
  automatic, basic, dramatic, drastic, economic, fantastic, historic, realistic, scientific, specific, systematic

  realist*ic* — realisti*cally*
  Ausnahme: public — publicly

- *Einige Ausnahmen:*

  Die folgenden Adjektive werden als Adverbien gleichlautend verwendet:

hard — hard; fast — fast

  He takes hard tests. He works hard.

  Das Adjektiv *"good"* wird als Adverb zu *"well"*.

good — well

  That is a good car. Mother drives well.

17.3. **Position of adverbials**

	front	*middle*	*end*
Adverbial of time	x		x
Adverbial of place	x		x
Adverbial of manner		x	x
Adverbial of frequency		x	

Wenn in einem Satz sowohl ein ***adverbial of time*** als auch ein ***adverbial of place*** enthalten ist, dann lautet die Regel:

am Ende: ***Place*** before ***time*** (OZ = ***Orts***angabe vor ***Zeit***angabe)
oder
time at the beginning (***Zeit***angabe am Anfang des Satzes)
place at the end (***Orts***angabe am Ende des Satzes)

am Ende: We saw him ***at the zoo yesterday.***
oder: ***Yesterday*** we saw him ***at the zoo***.

17.4. ***Beispiele:***

Adverbial of time (Zeit = wann)
At 3 o'clock he went home. (front)
He went home ***at 3 o'clock***. (end)

Adverbial of place (Ort = wo)
At school we sang happily. (front)
We sang happily ***at school***. (end)

Adverb of manner (Art und Weise = wie)
She ***quickly*** ran to her mother. (middle)
She ran to her mother ***quickly***. (end)

Adverb of frequency (Häufigkeit = wie oft)
They ***always*** forget things. (middle)

Place/time:
We are going ***to church*** **at 7 o'clock.** (end/end)
Tomorrow morning we will go ***to our school.*** (front/end)

17.5. Unterscheidung zwischen Adjektiven und Adverbien in Sätzen

17.5.1. Das Wort, das zwischen ''the - noun'' oder ''a - noun'' kommt, ist ein Adjektiv und hat kein ''ly''.

the loud ***children***; ***a*** good ***teacher***

17.5.2. Wenn das einzige Verb im Satz eine Form von ''to be'' ist (is/was/will be usw), kann kein Adverb folgen.

He is nice.

Das Verb ''to be'' kann man als Gleichheitszeichen (=) betrachten. Was danach kommt, sagt etwas über das aus, was vorher kam.

She is happy. She = happy.

Das ''she'' wird näher erklärt. Hier ist nur ein Adjektiv möglich.

Umgekehrt, wenn der Satz sonst nur aus einem Subjekt und einem Verb (außer dem Verb ''to be'') besteht, kann kein Adjektiv kommen. Nur ein ''adverb of manner'' kommt in Frage.

He talks quickly.

17.5.3. Um zu merken, ob ein Adjektiv oder Adverb im Satz vorkommt, muß man einiges merken oder fragen.

- Wie heißt das gesamte Verb? Wenn es nur eine Form von ''to be'' ist, kommt nur ein Adjektiv in Frage.

  The dog is loud.

  Wenn ''to be'' nur ein Hilfsverb ist, kann ohne weiteres ein Adverb kommen.

  The dog is barking ***loudly***.

- Steht das Adjektiv/Adverb zwischen ''the - noun'' oder ''a - noun'', dann ist es ein Adjektiv.

  the nice man; a pretty girl

- Sonst muß man weiter fragen: ***Worauf*** gibt das gewünschte Wort eine Antwort?

  — Auf ***ein Substantiv*** (noun)? Dann ist es ein Adjektiv und hat kein ''ly''.

  He has nice cars. What sort of cars? nice
  Was für Autos? nette.
  Die Autos sind nett — nicht er.

  — Auf ***ein Verb***? Dann ist es ein Adverb und hat meist ein ''ly''.

  He drives the car ***quickly***. Wie ist sein Fahren?
  Das Auto ist nicht schnell. Er ist nicht schnell.
  Seine Fahrweise ist schnell.

  — Auf ***ein Adjektiv;*** Dann ist es wiederum ein Adverb.

  We saw the ***extremely*** beautiful girl.
  Beautiful sagt, was für ein Mädchen es ist.
  Extremely sagt, wie ''beautiful'' sie ist.

  — Auf ***ein Adverb?*** Dann ist es ebenfalls ein Adverb.

  The man drives the car ***extremely*** quickly.
  Quickly bezieht sich auf das ''drives'' und sagt, wie er fährt. Es ist ein Adverb. Extremely sagt, wie schnell er fährt.

17. Adverbials

Adjektiv oder Adverb? Setze die richtige Form (Adjektiv oder Adverb) des Wortes, das in Klammern angegeben ist, in die Lücke ein.

1. They were very ______ and ran away ______. (excited; fast)
2. They are very ______ boys. (kind)
3. We ______ threw the ball. (hasty)
4. The ______ children listened ______. (polite; attentive)
5. She shouted at Tom ______. (angry)
6. I can't speak German very ______. (good)
7. They asked the very ______ girl many things very ______. (beautiful; quick)
8. She was a very ______ girl. (noisy)
9. You walked to your desk ______. (slow)
10. The little boy was very ______ to us. (nice)
11. He ______ showed us where to go. (quick)
12. The big man spoke ______ to the ______ woman. (slow; angry)
13. Our car is very ______. We can drive it very ______. (fast, fast)
14. The little girl worked ______ and ______. (hard; patient)
15. The very ______ children asked questions very ______. (curious; eager)
16. The dancer is very ______. She can dance very ______. (good; good)
17. The man was talking ______. (loud)
18. The ______ juggler ____ explained her ____ act. (excellent; proud, unusual)
19. The ____ teacher asked the children to speak more ____. (attentive; distinct)
20. He cried for help ______. (excited)
21. She was very ______ and ______ ran away. (nervous; quick)
22. He is a very ______ boy. (curious)
23. The boys asked the ______ girl questions ______. (courageous; curious)
24. Everybody was very ______. (excited)
25. He ______ drove round the corner. (careless)
26. She ______ opened the envelope. (quick)
27. The ______ child talked ______. (happy; nice)
28. Dolly's teacher was ______. (kind)
29. He talked to her ______. (kind)
30. She won the prize ______. (easy)
31. Peter is so ______. He walks ______. (slow)
32. The teacher was ______. He ______ sent Barbara to her seat. (angry)
33. You will never win if you play so ______. You are always too ______. (slow)
34. This song is very ______. Betty has sung it ______. (beautiful)
35. Your letter is ______. You have written it ______. (bad)
36. Mike is not always ______. Yesterday he did not reach the classroom ______. (punctual)
37. Dan is a ______ football player. He plays very ______. (good)
38. Mr. Miller has a ______ car. It goes very ______. (fast)

39. She is a ______ girl. She works ______. (careful)
40. He can run ______. He ______ went round the corner. (quick)
41. Jane is a ______ worker. (good)
42. Wipe the board ______, please. (proper)
43. They are ______ to each other. (kind)
44. Are you ______? Is she a ______ girl? (polite)
45. She always opens the door ______. (polite)
46. Your work is not ______. (good)
47. Why are you so ______? (excited)
48. Did you watch an ______ film on TV? (exciting)
49. I am ______ because I have read an ______ book. (excited; exciting)
50. The children have been ______ this morning. They listened ______. (attentive)
51. She left the room ______. She was very ______. (angry)
52. You are ______ girls. You welcomed your guests ______. (kind)
53. That's a very ______ dress. She cleaned her room very ______. (nice)
54. The cars drove ______. They are ______ cars. (slow)
55. That boy is ______. He reads ______. (poor)
56. The birds sang very ______. My girlfriends are very ______. (happy)
57. He can work very ______. (fast)
58. The ______ woman walked ______. (angry; quick)
59. The ______ circus people practised ______ and ______. (careful; hard; noisy)
60. Our ______ teacher made us arrange the chairs ______ and ______. (excited; tidy; neat)
61. We had to talk ______ and ______. (distinct; good)
62. I knew the lady very ______. (good)
63. We took the ______ test very ______. (hard; quick)
64. The ______ girls went into the water ______. (pretty; happy)
65. My brother and I ran very ______. (fast)
66. The ______ girl sang the song ______. (sweet; beautiful)
67. A child painted the picture ______. (angry)
68. The boy hit his sister very ______. (hard)
69. The ______ dog walked very ______. (fast; slow)

Position of Adverbials. Setze die angegebenen Wörter in die richtige Stelle des Satzes ein.

70. She has been here. (often)
71. We go for a walk. (never)
72. They take a walk. (before breakfast; never) 2x
73. We went. (to the shop; yesterday) 2x
74. My father works. (never; hard; at home) 2x
75. The young man swims. (often; in the morning) 2x
76. She will ride a bicicle to the shop. (careful) 2x
77. Ben has read a book. (seldom)
78. You have sung three songs. (in your room; today) 2x

79. We find our books. (never; on the table)
80. She comes. (to Cologne; always; at 12 o'clock) 2x
81. They went. (yesterday; quiet; to the zoo) 2x
82. I will open the door. (noisy; tomorrow) 3x
83. You helped us. (last year; seldom) 2x
84. We saw them. (this morning; in the kitchen) 2x
85. The old lady goes out. (seldom; in the evening) 2x
86. She goes for a swim. (after school; always) 2x
87. I shall run to the doctor. (quick) 2x
88. She arrived. (at the station; yesterday) 2x
89. She has forgotten things. (often)
90. I have seen her. (this afternoon; at the circus) 2x
91. She works. (busy; at the office) 2x
92. I must go to bed. (at 8 o'clock) 2x
93. We shall visit you. (next week) 2x
94. Mike eats chocolate. (always; during the lessons) 2x
95. They go shopping. (on Saturdays; always) 2x
96. They buy sweets. (at the supermarket; often) 2x
97. Mr. Potter finished his meal. (quickly) 2x
98. The old woman climbed the stairs. (slow) 2x
99. The boys went for a swim. (before lunch; in the sea) 2x
100. They have breakfast. (at 8 o'clock; in the kitchen) 2x
101. We spend our holidays. (in London; always) 2x
102. We planned our holidays. (careful) 2x
103. She sunbathed. (on the beach; often) 2x
104. Tim closed the window. (careful) 2x
105. I was at home. (yesterday) 2x
106. We saw her. (this morning; in the bus) 2x
107. She did her homework. (careful) 2x
108. We shall arrrive. (punctual) 2x
109. I ran to the bus stop. (quick) 2x
110. They went. (always; to school; at 8 o'clock) 2x
111. She talked to me. (never; angry; in the morning) 2x
112. We have sung a song. (often; noisy; in the bathroom) 2x
113. He got up. (at 5 o'clock; never) 2x
114. The lady sat. (every day; in the sun) 2x
115. The men sang songs. (happy; always; at church) 2x
116. The children clapped their hands. (loud; during the show) 2x
117. We wash our faces. (quick; in the bathroom; usually; in the morning) 2x
118. We will take the dog for a walk. (always; before school) 2x
119. The children will have seen the kittens. (by tomorrow; three times) 2x
120. The boys were eating apples. (happy; in their room; in the afternoon) 2x
121. I would have gone. (never; at night; to that house) 2x
122. My sister had cleaned her room. (sometimes; fast; on Saturday) 2x

18. Reflexive Pronouns (das Reflexivpronomen)

18.1. Die Reflexivpronomen heißen:

myself	ourselves
yourself	yourselves
himself	themselves
herself	
itself	

18.2. Sie werden wie folgt gebraucht:

18.2.1. als ***rückbezügliches Fürwort*** (reflexive pronoun).
Das Subjekt ist das gleiche wie das Objekt: dieselbe Person ist gemeint.

He dressed ***himself***.

18.2.2. als ***betonendes Fürwort*** (intensive pronoun)
Ein Substantiv (noun) oder Pronomen (pronoun) wird stark betont. Obwohl das Reflexivpronomen meistens am Ende des Satzes steht, kann es direkt hinter dem Wort stehen, das dadurch besonders betont wird.

He showed me the house ***himself***.
He ***himself*** showed me the house.

18.2.3. als ***Redewendung*** bei verschiedenen Präpositionen.

to see for	...self	I want to see the house for myself.
all by	...self	Are you going to travel there all by yourself?
beside	...self	She was beside herself with fear.

18.3. Bei den folgenden Verben wird das Reflexivpronomen gebraucht:

amuse, annoyed with, to be ashamed of, assert, behave, blame, control, convince ... of, cut, defend, devote, distinguish, enjoy, get .. a drink, help, hurt, injure, introduce, look after, look at, make ... understood, make ... useful, pay for, pull ... together, sit by, seat, see ... in a mirror, speak to, support, take care of, talk about, talk to, think of

18.4. Die folgenden Verben können mit oder ohne Reflexivpronomen gebildet werden. Wenn das Reflexivpronomen gebraucht wird, wird die bewußte Durchführung der Handlung betont.

behave, dress, hide, prepare, prove, separate, settle, shave, submit, surrender, trouble, wash, yield

Your children behaved very well.
You must behave yourselves properly!

18.5. Die folgenden Verben, die im Deutschen Reflexivpronomen haben, haben im Englischen keine reflexive Form:

approach, change, complain, imagine, lie down, move, recover, rely on, remember, sit down, turn to.

Do you remember her? (Erinnerst du dich an sie?)

18. Reflexive Pronouns

Setze das richtige Fürwort (rückbezüglich oder wechselseitig) ein. = reflexive or reciprocal (each other)

1. The woman devoted ______ to her children.
2. The water was so clear and still that we could see ______ in it.
3. We told her to amuse ______.
4. Behave ______, children.
5. The boy and girl liked talking to ______.
6. We can spread the butter ______.
7. They'll have to see for ______.
8. Why don't you assert ______ more often?
9. I couldn't enjoy ______ at all.
10. The girl injured ______.
11. The babies tried to see ______ in the mirror.
12. I always tried to make ______ useful.
13. The lady wants to see it for ______.
14. May I help ______ to a cup of tea?
15. We have to think of ______ first.
16. The boy always kept to ______.
17. We saw ______ in the mirror.
18. All she ever does is to think of ______.
19. Linda and Tom, remember to behave ______.
20. After we clapped, we all seated ______.
21. Did you cut ______?
22. The woman introduced ______.
23. That man is sick. He's talking to ______.
24. As soon as we got there, we made ______ useful.
25. Let me do it ______!
26. The people amused ______ at the party.
27. Did you shave ______ this morning?
28. The girls kept to ______.
29. The lady told me to get ______ a drink.
30. You washed ______ very well, children.
31. Don't trouble ______ about that!
32. The man and woman who were in love looked at ______.
33. That man will talk ______ out of a job.
34. The shy girl hid ______ quickly.
35. I tried to control ______.
36. I hurt ______ yesterday.
37. Aren't you ashamed of ______, children?
38. The men must defend ______.
39. I have devoted ______ to writing.

40. The people seated ______ right away.
41. The girl cried because she had cut ______.
42. I'll make ______ a new dress.
43. The boy wanted to see for ______.
44. "Mommy, I'm really ashamed of ______."
45. The guests enjoyed ______ immensely.
46. I plan to travel all by ______.
47. Linda got dressed all by ______.
48. The man said, "Pull ______ together, man!"
49. I introduced the guests to ______.
50. Can the boy dress ______?
51. The lady told me that I must assert ______ more often.
52. She talked ______ into self-pity.
53. Please help ______ to a piece of cake.
54. The woman had to support ______.
55. The baby cried when it saw ______ in the mirror.
56. The boy wanted to travel all by ______.
57. We all hid ______ during the game.
58. Did those two children wash ______ or ______?

Können die folgenden Sätze mit einem Reflexivpronomen gebildet werden? Wenn das möglich ist, ändere den Satz entsprechend um.

59. I didn't want to trouble the man.
60. Did you enjoy the picture, Sally?
61. I settled down for a long winter's nap.
62. The man supported his mother.
63. We prepared for the test.
64. Did you shave the boy's head?
65. The dog proved to be a good one.
66. We washed the girl's face.
67. The boy injured his head.
68. The girls dressed quickly.
69. The men defended their wives.
70. They settled into their new house.
71. You dressed your daughter quickly.
72. We amused the children.
73. Did you shave this morning?
74. I hurt my hand.
75. Should I introduce you?
76. Did the children behave?
77. I cut my finger.
78. The man controlled his temper.

Übersetze.

79. Die Mädchen zogen sich an.
80. Die kleinen Kinder freuten sich sehr.
81. Die Kinder schämten sich.
82. Wir mußten uns schnell waschen.
83. Die Kinder versteckten sich.
84. Das Mädchen führte Selbstgespräche.
85. Hast Du Dich verletzt?
86. Die mutigen Kinder behaupteten sich.
87. Der Junge hat sich geschnitten.
88. Benimm Dich!
89. Muß der Junge sich schon rasieren?
90. Hast Du es selber genäht?
91. Kann ich mich nützlich machen?
92. Wolltest Du es selbst machen?
93. Die Damen stellten sich vor.
94. Sie betrachteten ihr Spiegelbild.
95. Ich setzte mich.
96. Bediene Dich mit einem Stück Kuchen.
97. Der Junge und das Mädchen verliebten sich.
98. Wir sahen einander durch's Fenster.
99. Ich wollte die Stadt selbst ansehen.
100. Ich stellte die Damen vor.
101. Ihr sollt einander helfen.
102. Die weinenden Mütter mußten sich zusammennehmen.
103. Hat seine Frau sich selbst unterstützt oder ihren Mann?
104. Der Junge verletzte sich.
105. Das Mädchen ist alleine gefahren.
106. Wir dachten ständig aneinander.

19. Future (Zukunft)

Die Zukunft kann durch verschiedene Zeitformen ausgedrückt werden.

19.1. will + infinitive

Wenn man diese Form gebraucht, betont man keinerlei Absicht oder Plan. Das, was man sagt, wird geschehen, ob man es wünscht oder nicht. Es ist keine Zeitangabe notwendig. Es kann sich um die nahe oder entfernte Zukunft handeln.

Father will certainly be happy when he sees you.

19.2. Present

Diese Form betont einen Plan. Die Form wird gebraucht bei Fahrplänen, festen Programmen, getroffenen Vereinbarungen und offiziellen Regelungen. Eine Zeitangabe der Zukunft ist fast immer vorhanden.

When does the train to London leave?
The train to London leaves at 7:10 p.m.

19.3. Present Progressive

Diese Form wird gebraucht für eine schon beschlossene und vereinbarte Handlung. Eine Zeitangabe ist meistens vorhanden.

in a few days, later this month, next week, next winter, soon, this morning, tomorrow, tonight

Oft handelt es sich um ***Verben der Bewegung***:

arrive, come, do, drive, fly, go, leave, play, remain, start, stay, travel

I am flying to America this coming summer.

19.4. be going to + infinitive

Diese Form, drückt die nahe Zukunft aus. Etwas zeigt was passieren wird. Der Sprecher ist wegen der jetztigen Situation sicher, was passieren wird. Die Form wird gebraucht bei einer

- **Absicht**
  Die Handlung ist fest geplant, beabsichtigt oder sogar schon vereinbart. Die Vorbereitungen für die Handlung sind schon angelaufen.

  We are going to take the train to Munich next week.
  I'm going to be a doctor when I grow up.
  Are you going to buy new chairs for the living-room?

- **Voraussage** über die Wahrscheinlichkeit eines Geschehens. Man meint, etwas wird passieren. Es wird oft nach den folgenden Verben gebraucht:

  be afraid, be sure, believe, think

  I think it's going to rain today.

19.5. **will be + -ing** (Future Progressive)

- Diese Form kann für die nahe oder weite Zukunft gebraucht werden. Es wird keine Absicht betont. Ein zukünftiges Ereignis wird bloß bekanntgegeben. Eine Zeitangabe ist nicht nötig, aber oft vorhanden. Zu einem bestimmten Zeitpunkt in der Zukunft wird etwas gerade passieren. Während einer Zeitspanne in der Zukunft wird etwas ablaufen.

  My sister will be coming to visit us in July.
  She will be working from 2 to 10 tomorrow.

- Fragen wirken höflicher und nicht so direkt, wenn sie in dieser Form gestellt werden.

  When will you be coming to see us?

Form	Absicht betont/n.b.		Zeitangabe muß/muß nicht		nah/weit	
Present		x	x			
will + inf.		x		x	x	x
present prog.	x		x		x	
be going to + -inf	x			x	x	
will be + -ing		x		x	x	x

Diese Tabelle soll nur einen Anhaltspunkt geben. Abweichungen von der Tabelle sind möglich. Trotzdem trägt sie zum Verständnis der Zukunft bei.

19. Future

Setze die Verben in die angegebene Zeitform

Present Simple

1. When (to start — the show) tomorrow?
2. The plane from London (to arrive) at 9 p.m. this evening.
3. My boy (to start) school on Tuesday.
4. The festivities during the crowning (to start) on June 1st.
5. The church services here (to end) at noon.
6. The summer sales (to begin) this Monday.
7. When (must take — you) your medicine today?
8. When (to leave — the train) this Wednesday?

Present Progressive

9. Do you know when (to go shopping — you) tomorrow?
10. My sister (to get) a tooth pulled tomorrow.
11. (to go — you) to the cinema tonight?
12. Does he know what (to do — he) next June?
13. I (to take) my driving test next week.
14. Where (to take a walk — John) this afternoon?
15. When (to start — your child) school?
16. I'm so happy that I (to go) to college next year.
17. When (to work — father) next week?
18. What (to do — you) tomorrow?
19. When (to come — your guests) this afternoon?
20. Our friends (to drive) to Switzerland this summer.
21. I (to plan to wash) the curtains tomorrow.
22. When (to go — you) on holiday this year?

Future simple (shall/will + inf.)

23. (to be — you) here tomorrow?
24. It (to snow — certainly) in winter.
25. They (to go) to sleep, as usual, at 10 p.m.
26. (to see — we) your new house tomorrow?
27. The paint (to dry) this week.
28. When (to take — you) your vacation this year?
29. Mother (to bake) a cake for her birthday.
30. What (to do — we) if you get ill?
31. Why (to be — father) angry?
32. The baby (to cry) when it is born.
33. What (to cook — you) when the guests come?

34. Television (to have) a new series which starts in September.
35. When (to wear — you) your new dress?
36. My sister (to get married) in June.
37. We (to eat) at 6 p.m.

Future Progressive

38. This time next week we (to land) in New York.
39. Christian (to start) school in August.
40. I (to sleep — probably) when you get home.
41. Don't ring the bell at 9 p.m. The baby (to sleep) then.
42. The doctor (to come) soon.
43. I bet your girl (to read) books by next summer!
44. You'll recognize him because he (to wear) a red hat.
45. My son (to work) at Ford as of October.
46. I'm to tell you that your sister (to arrive) at ten tonight.
47. In another week the patient (to go) home.
48. Can you tell me when you (to go) shopping next?
49. After we've gone to sleep, our parents (to go) to a party.
50. I'm sure we (to see) each other again soon.
51. It looks like it (to rain) soon.
52. When did you say you (to arrive)?

be going to + inf.

53. (to meet — he) you at the station?
54. What (to tell — you) her when she asks?
55. I've brought the cassettes. (to play — you) them now?
56. It looks like it (to rain) soon.
57. He (to get married) next year.
58. When (to visit — they) you?
59. Why (to take — not — we) the short cut?
60. (to wash — your brother) the car today?
61. (to stop work — the men) soon?
62. I (to have) my operation next Monday.
63. (to drive — your sister) or fly to Spain on vacation?
64. What (to be — you) when you grow up?
65. (to phone — not — your friend) this evening?
66. Where (to study — you) medicine?
67. We (to buy) that house soon.

Setze das Verb in die richtige Form.

68. And the children (all take) the test on the same day.
69. Even if he doesn't want to, he (must take) the test.

70. (to start — church) at 8 o'clock again this summer?
71. Don't worry. Your baby (to get) well soon.
72. I can assure you that you (to walk) normally in two weeks.
73. (to fly — he) to Spain on vacation this year again?
74. In 100 years people (to die — not) of cancer any more.
75. Look at your dog. It thinks you (to take) it for a walk.
76. Have you decided if you (to take) an umbrella along on vacation?
77. Betsy (to grow up) to be a beautiful woman.
78. I'm afraid we (to have) bad weather for our picnic today.
79. When (to arrive — the queen) in Bonn on Wednesday?
80. My brother (to stay) with us when he comes to Europe this summer.

Übersetze die folgenden Sätze.

81. Ich werde Dir heute abend helfen.
82. Die Hochzeit wird in Juni stattfinden.
83. Der Krieg wird kommen.
84. Ihr Zug fährt um 8 Uhr am folgenden Dienstag ab.
85. Wann geht Ihr morgen in die Kirche?
86. Ich mache die Prüfung kommenden Mittwoch.
87. In 10 Jahren werden wir auf dem Monde landen.
88. Mein Bruder wird den Leuten zeigen, wie sie fahren müssen.
89. Das Baby meint, die Mutter wird es füttern.
90. Die Feier zum 4. Juli fängt in Amerika um 21 Uhr an.
91. Morgen werden wir länger schlafen.
92. Rufst Du uns an, wenn Du zu Hause angekommen bist?
93. Dan fährt am Freitag nach Bonn.
94. Die Katze hofft, daß die Maus aus dem Loch kommen wird.
95. Morgen werden wir heiraten.

Wähle die richtige Form.

96. a. Will you be taking the train on Friday?
    b. Do you take the train on Friday?
97. a. Are you coming to visit us in August?
    b. Are you going to come to visit us in August?
98. a. I'm sure it is snowing this afternoon.
    b. I'm sure it's going to snow this afternoon.
99. a. We will be passing through Cologne on our trip to Germany this summer.
    b. We are passing through Cologne on our trip to Germany this summer.
100. a. Don't forget that the electrician is coming tomorrow.
    b. Don't forget that the electrician comes tomorrow.
101. a. When are you planning to move?
    b. When are you going to move?

102. a. We buy fish this Friday.
     b. We will be buying fish this Friday.
103. a. My sister will be getting married this year.
     b. My sister marries this year.
104. a. She doesn't wear a white dress.
     b. She isn't going to wear a white dress.
105. a. I think this storm will blow some trees down.
     b. I think this storm is going to blow some trees down.
106. a. Are you going skiing at Easter?
     b. Will you be going skiing at Easter?
107. a. Mother is cooking pancakes for dinner tomorrow.
     b. Mother cooks pancakes for dinner tomorrow.
108. a. Tim is waiting for you at school tomorrow.
     b. Tim is going to wait for you at school tomorrow.
109. a. When will you be going to bed tonight?
     b. When do you go to bed tonight?
110. a. Will you water our plants while we are gone?
     b. Are you going to water our plants while we are gone?
111. a. If I see you, I whistle.
     b. If I see you, I shall whistle.
112. a. Many problems will be arising in the future.
     b. Many problems are arising in the future.
113. a. What do you do then?
     b. What will you do then?
114. a. The concert begins at 8 p.m. this evening.
     b. The concert is going to begin at 8 p.m. this evening.
115. a. She is going to sew a new dress tomorrow.
     b. She will sew a new dress tomorrow.
116. a. How will you escape if a fire starts?
     b. How do you escape if a fire starts?

20. **Auxiliaries** (Modalverben)

Übersicht

Ability (können) = Fähigkeit	
can/could	be able to
Possibility (es kann sein, daß/es könnte sein, daß) = Möglichkeit	
may/might	
Permission/Prohibition (dürfen) = Erlaubnis/Verbot	
may/might can/could	be allowed to be permitted to
may not cannot must not	be not allowed to be not permitted to be forbidden to
Compulsion (müssen) = Zwang	
must	be forced to be compelled to have to be obliged to
need not	
Duty, Obligation, Rules (sollen) = Pflicht, Regeln	
should ought to	be expected to be supposed to have to be to It is s.o. duty to
Necessity (notwendig sein) = Notwendigkeit	
must	have to It is necessary to
need not	There is no need to There isn't any need to

20.1. **Ability** = Fähigkeit (können)

Present	can cannot	am/are/is (not) able to
Past	could could not	was/were (not) able to
Future	______	will (not) be able to
Present Perfect	______	have/has (not) been able to
Past Perfect	______	had (not) been able to
Future Perfect	______	will (not) have been able to
Conditional 1	______	would (not) be able to
Conditional 2	______	would (not) have been able to

20.2. **Possibility** = Möglichkeit

Present and Future:

may (not)+ infinitive might (not) + infinitive	es kann sein, daß) (es könnte sein,daß)

Past might (not) + infinitive (bei indirekte Rede)

Past, Present Perfect, Past Perfect

may (not) have + 3. Form might (not) have + 3. Form

Dieses Modalverb ist ein ganz besonderes. Wie man sieht, werden nicht alle Zeitformen berücksichtigt. Stattdessen werden die Zeitmöglichkeiten in zwei Gruppen geformt: alles, was noch kommt und alles, was schon vorbei ist.

In diesen zwei Gruppen wird weiter unterschieden. Wenn man sagen will, daß etwas ziemlich möglich ist, gebraucht man ***may***. Wenn man sagen will, daß etwas eventuell möglich ist, aber doch nicht so sicher, gebraucht man ***might***.

vorbei	*kommt noch*
may have + 3. Form = ziemlich möglich might have + 3. Form = eventuell möglich	may = ziemlich möglich might have =eventuell möglich

20.3. Permission — Prohibition

Permission = Erlaubnis (dürfen)

Present	can may	am/are/is allowed to am/are/is permitted to
Past	could	was/were allowed to was/were permitted to
Future	______	will be allowed to will be permitted to
Present Perfect	______	have/has been allowed to have/has been permitted to
Past Perfect	______	had been allowed to had been permitted to
Future Perfect	______	will have been allowed to will have been permitted to
Conditional 1	______	would be allowed to would be permitted to
Conditional 2	______	would have been allowed to would have been permitted to

Prohibition = Verbot (darf nicht)

Present	cannot may not must not	am not/aren't/isn't allowed to am not/aren't/isn't permitted to am/are/is forbidden to
Past	couldn't	wasn't/weren't allowed to wasn't/weren't permitted to was/were forbidden to
Future	______	will not be allowed to will not be permitted to will be forbidden to
Present Perfect	______	haven't/hasn't been allowed to haven't/hasn't been permitted to have/has been forbidden to
Past Perfect	______	hadn't been allowed to hadn't been permitted to had been forbidden to
Future Perfect	______	will not have been allowed to will not have been permitted to will have been forbidden to
Conditional 1	______	wouldn't be allowed to wouldn't be permitted to would be forbidden to
Conditional 2	______	would not have been allowed to would not have been permitted to would have been forbidden to

20.4. **Compulsion** = Zwang (müssen)

Present	must	am/are/is forced to am/are/is compelled to have/has to
Past	______	was/were forced to was/were compelled to had to
Future	______	will be forced to will be compelled to will have to
Present Perfect	______	have/has been forced to have/has been compelled to have/has had to
Past Perfect	______	had been forced to had been compelled to had had to
Future Perfect	______	will have been forced to will have been compelled to will have had to
Conditional 1	______	would be forced to would be compelled to would have to
Conditional 2	______	would have been forced to would have been compelled to would have had to

(Compulsion — 2) = *kein Zwang,* (brauchen nicht/ muß nicht)

Present	need not	am/are/is not forced to am/are/is not compelled to do/does not have to
Past	______	wasn't/weren't forced to wasn't/weren't compelled to didn't have to
Future	______	will not be forced to will not be compelled to will not have to
Present Perfect	______	have/has not been forced to have/has not been compelled to have/has not had to
Past Perfect	______	had not been forced to had not been compelled to had not had to
Future Perfect	______	will not have been forced to will not have been compelled to will not have had to
Conditional 1	______	would not be forced to would not be compelled to would not have to
Conditional 2	______	would not have been forced to would not have been compelled to would not have had to

20.5. **Duty, Obligation, Rules** = Pflicht (sollen)

Present	should (not) ought (not) to	am/are/is (not) expected to am/are/is (not) supposed to have/has (not) to am/are/is (not) to It is (not) s.o. duty to
Future	should (not) ought (not) to	will (not) be expected to will (not) be supposed to will (not) have to It will (not) be s.o. duty to
Past		was/were (not) expected to was/were (not) supposed to had to/ didn't have to was/were (not) to It was (not) s.o. duty to
Present Perfect		have/has (not) been expected to have/has (not) been supposed to have/has (not) had to It has (not) been s.o. duty to
Past Perfect		had (not) been expected to It had (not) been s.o. duty to
Past/Perfect: (unerfüllt; in der Vergangenheit):		
	should (not) have + 3. Form ought (not) to have + 3. Form	
		was/were (not) expected to have + 3. Form was/were (not) supposed to have + 3. Form was/were (not) to have + 3. Form It was(not) s.o. duty to have + 3. Form

Future Perfect	will (not) have been expected to will (not) have been supposed to will (not) have had to It will (not) have been s.o. duty to
Conditional 1	would (not) be expected to would (not) be supposed to would (not) have to It would (not) be s.o. duty to
Conditional 2	would (not) have been expected to would (not) have been supposed to would (not) have had to It would (not) have been s.o. duty to

Diese Tabelle ist merkwürdig, weil es eine zusätzliche Form hat:
Die Past/Perfect.

Durch diese zusätzliche Form wird etwas ausgedrückt, was hätte sein sollen, ist aber nicht geschehen.

He should have called by now.

Etwas wurde versäumt.

We were to have danced at the party.

Etwas hätte gemacht werden müssen, ist aber nicht gemacht worden.

I ought to have cleaned my room before you came.

Etwas hätte nicht sein sollen, ist aber jedoch passiert.

He shouldn't have hit her.
He wasn't supposed to have eaten the cake.

Die Form ist immer schon abgelaufen. Man schaut zurück und gibt ein Urteil davon ab, wie es falsch gelaufen ist.

s.o. = someone's = my, your, his, her, its, our, your, their

20.6. **Necessity** = Notwendigkeit (müssen/brauchen/notwendig sein)

Present	must	have/has to It is necessary to
Past	______	had to It was necessary to
Future	______	will have to It will be necessary to
Present Perfect	______	have/has had to It has been necessary to
Past Perfect	______	had had to It had been necessary to
Future Perfect	______	will have had to It will have been necessary to
Conditional 1	______	would have to It would be necessary to
Conditional 2	______	would have had to It would have been necessary to

Necessity — 2 = ***keine Notwendigkeit*** (brauchen nicht)

Present	need not	don't/doesn't have to It isn't necessary to There is no need to There isn't any need to
Past	______	didn't have to It was not necessary to There was no need to There wasn't any need to
Future	______	will not have to It won't be necessary to There will be no need to There won't be any need to
Present Perfect	______	have/has not had to It hasn't been necessary to There has been no need to There hasn't been any need to
Past Perfect	______	had not had to It hadn't been necessary to There had been no need to There hadn't been any need to
Future Perfect	______	will not have had to It won't have been necessary to There will have been no need to There won't have been any need to
Conditional 1	______	would not have to It wouldn't be necessary to There would be no need to There wouldn't be any need to
Conditional 2	______	would not have had to It wouldn't have been necessary to There would have been no need to There wouldn't have been any need to

20. Auxiliaries

Setze die richtige Form des Verbes (entweder mit dem Modalverb oder seine Ersatzform als Hilfsverb!), das in den Klammern angegeben ist, in die Lücke ein!

Ability

1. A tiger ______ an elephant. (kill)
2. The patient ______ now. (walk)
3. Five years ago he ______ ten hours a day. (work)
4. It will be dark and he ______ where he is going. (see — not)
5. We ______ the lake from here. (see)
6. He ______ for five years now. (talk)
7. If they helped her wash the dishes, she ______ soon. (play)
8. ______ English for three years now? (you — talk)
9. ______ television tomorrow? (you — watch)

Possibility

10. He ______ tomorrow, but I'm not sure. (come)
11. They think that he ______ if we had asked him. (come)
12. Do you think that they ______ home now? (be)
13. We ______ her yesterday. (see)
14. You are just afraid that the lions ______ you. (eat)
15. Do you know what you ______ if you had been there? (do)
16. Do you think he ______ the newspaper already? (read)

Permission — Prohibition

17. You ______ now, children. (go)
18. Father already said that you ______ to the cinema. (go)
19. Do you think that I ______ tomorrow? (go)
20. ______ to bed at midnight? (you — always — go)
21. I? (smoke)
22. ______ he really ______ that book yet? (not read)
23. You ______ alcohol. (not drink)
24. ______ a picture? (they — paint — never)
25. No, they ______ that. (do)
26. ______ her, if I spoke with his father? (he — see)

Compulsion

27. You ______ your physics now! (do)
28. No, you ______ it now. (do)
29. He held a pistol and I ______ with him. (go)

30. They ______ their homes next year. (leave)
31. I ______ home up to now. (run — often)
32. The burglars said, "If the police had come, we ______" (shoot)
33. We ______ hard for most of our lives. (work)
34. He ______ there yesterday. (go)
35. She said that you ______ your teeth the next day. (brush)
36. He explained that they ______ liver the previous day. (eat)
37. She says that you ______ at 7 a.m. the next day. (get up — not)
38. If he had gone there, you ______ with him. (go)

Duty

39. He ______ yesterday, but he didn't. (come)
40. They ______ us every day next week. (help)
41. If I arrived tomorrow, I ______ to the show. (go)
42. We ______ our homework every day. (do — present)
43. He ______ at 5 o'clock today, and he did. (arrive)
44. Since I turned ten, I ______ my own hair. (comb — always)
45. If they had not seen the injured man, they ______ him. (help — not)
46. She told me that I ______ there the previous day. (go)
47. He told the woman that she ______ the dishes the following day. (wash)
48. If we come tomorrow, we ______ father to the shop. (take)

Necessity

49. We already have everything. You ______ anything. (bring — not)
50. Yes, really, there ______ anything. (bring — not)
51. Did you say that it ______ anything? (bring — not)
52. Yes, and you ______ early tomorrow. (come — not)
53. That's good! I thought it ______ two hours earlier. (come)
54. Well, even if we hadn't already bought everything, there ______ early. (come — not)

Setze das richtige Modalverb ein. (Present)

55. (ability) He is 80 and ______ still ride a bicycle.
56. (no necessity) You ______ write me a letter; you can phone me.
57. (compulsion) We ______ go to the hospital for the operation.
58. (necessity) You ______ water the flowers.
59. (duty) She ______ give her father a present for Christmas.
60. (prohibition) They ______ put shoes into the dishwasher.
61. (permission) You ______ call me Bill.
62. (compulsion) I ______ give the burglar our gold.
63. (duty) They ______ buy a ticket on a bus.
64. (necessity) You ______ hang the wash up.

65. (prohibition) He ______ break the window with a stone.
66. (no necessity) You ______ tell me their phone number; I know it.
67. (compulsion) They ______ take the English test now.
68. (prohibition) We ______ shoot the bird.
69. (no necessity) They ______ bring cola; we have enough.
70. (possibility) You ______ see Tom tomorrow, but I'm not sure.
71. (necessity) She ______ do the washing up.
72. (duty) I ______ wash my hands before I eat.
73. (prohibition) You ______ kill the cat.
74. (necessity) I ______ do my homework now.
75. (compulsion) He ______ do what the thief tells him to.
76. (duty) We ______ help our poor neighbours.
77. (possibility) They ______ phone us tomorrow, but I'm not sure.
78. (no necessity) I ______ water the plants for it's raining.
79. (permission) She ______ sing a song if she wants to.

Setze die richtige Ersatzform des Modalverbes ein. (alle Zeitformen

80. (no necessity) It ______ to water the flowers tomorrow.
81. (prohibition) I ______ talk during the test yesterday.
82. (duty) ______ say "thank you" for a present? (you — never)
83. (ability) ______ fly to America if they were invited? (they)
84. (compulsion) He ______ work hard next year.
85. (no necessity) There ______ write a letter if you had known your grandmother was coming.
86. (permission) ______ read that book up to now? (you)
87. (their duty) It ______ to cut the grass every week.
88. (no necessity) They ______ wash their car yesterday.
89. (compulsion) I ______ take a test next week.
90. (ability) ______ visit mother if we invited them? (they)
91. (necessity) I ______ sleep enough every night so that I'm not tired.
92. (duty) We ______ do our homework alone up to now.
93. (his duty) It ______ to go shopping every day.
94. (no necessity) We ______ go to the dentist's two weeks ago.
95. (ability) ______ pass the test if you worked hard? (you)
96. (compulsion) They ______ have a shot the day after tomorrow.
97. (duty) ______ wash their own hair? (they — ever)
98. (your duty) It ______ clean up your room every day.
99. (duty) I ______ iron my own clothes. (never)
100. (compulsion) You ______ go to the dentist's tomorrow.
101. (no necessity) There ______ have a "6" if you had worked hard.
102. (necessity) She ______ eat daily in order to live.
103. (prohibition) We ______ steal the apples yesterday.
104. (ability) ______ talk in German if we asked him? (he)

Welcher der folgenden Sätze zeigt:

105. ability:
    a) He won't be able to go to school next week.
    b) She was allowed to read the newspaper.
    c) They could do their homework.

106. permission:
    a) He is forced to go shopping.
    b) The doctor said he would have to stay in bed.
    c) She may go to the park on Sunday.

107. compulsion:
    a) He had to leave school at 14.
    b) They were compelled to visit the headmaster.
    c) You ought to eat something.

108. possibility:
    a) You may arrive at 3 o'clock if the train isn't late.
    b) I can't ring you up if I haven't got your number.
    c) You might be able to speak to him tomorrow.

109. necessity:
    a) You don't have to run; the bus doesn't leave for half an hour.
    b) I'm not forcing you to come with me.
    c) You should tidy your room; it looks terrible.

110. obligation:
    a) I will be allowed to go swimming tomorrow.
    b) I am supposed to play with my little brother.
    c) I was expected to have written three sides.

111. prohibition:
    a) You can't go to the zoo.
    b) You aren't obliged to go swimming.
    c) He was not permitted to drink alcohol.

In welche Tabelle gehören die folgenden Sätze?

112. If I had seen the car, I might have written down the number.
113. It has always been my duty to clean the bathroom.
114. I. often need to ask my father for money.
115. No one can force me to wear a skirt.
116. If it doesn't rain, my mother will allow me to go.
117. My little brother asked when he would be able to go to school.
118. Will I be expected to finish before 5 o'clock?
119. I must go home now because I have to cook the dinner.

120. Smoking is forbidden in German cinemas.
121. You might see the chancellor in Bonn.
122. She must leave now because she has to be home soon.
123. If we had seen you, we might have spoken with you.
124. Will we be expected to write the letter before Wednesday?
125. I can't force them to go home.
126. Your mother will permit you to go if it doesn't rain.
127. We have to go to bed now because we have to get up early tomorrow.
128. She need not make the dinner.
129. If I had read the book, I could have told you the story.

Ändere die folgenden Sätze in die angegebene Zeitform um.

130. future: I can help you now.
131. present perfect: We need not wash the curtains every week.
132. future: The baby must really go to bed now.
133. future: Father said I may not go swimming tomorrow.
134. past: We shouldn't drink so much water.
135. future: We must be going now.
136. past: You ought to wash the dishes.
137. future: The children needn't be so quiet.
138. present perfect: Could he walk without help?
139. future: The plane should be arriving any minute.
140. past: You mustn't touch the pictures!
141. future: We can't see the sun at night.
142. present perfect: I must do my homework every day.
143. future: Couldn't you write your name?
144. past: You should go to bed.
145. Conditional 1: May Tom go with us?

Setze die richtige Form des Modalverbes bzw. seine Ersatzform in die Lücke ein.

146. My brother can walk now, but last year he still ______ (walk).
147. We still aren't sure, but maybe we will go to France this summer; yes, we ______. (go — possibility)
148. Although he thinks that nobody can force him to do his homework, he ______ it. (do — future)
149. We have enough sugar here; you ______ any more. (buy — not)
150. We ______ speak perfect French when we were eight.
151. You ______ drive so fast. It's dangerous.
152. It ______ to be hard to find the dog; it barks continually.
153. The waitress said, "You can pay now if you want to, but you ______."

154. Usually they are forbidden to, but yesterday the boys ______ swim to the island.
155. Tomorrow there will be very many people at your house, so you probably ______ help your mother.
156. As there was no other room free, we ______ to sleep in the small room.
157. I don't know where Jane is; she ______ home already. (go — possibility)
158. If Tom had come, I ______ there alone, but he didn't come; so I had to go there alone. (go — not)
159. You really ______ do your homework, you know that is your duty.
160. He held a gun in my back and so I ______ do what he said.
161. You've already asked your father ten times if you may go; you know that you ______ tomorrow. (go — not)
162. We have guests coming. If there isn't enough coffee there, we ______ buy some more.
163. If he doesn't want to do that, he ______. (not)
164. We were afraid that there ______ wolves in the forest, but there weren't any.
165. You must go to school now; ______ to school when you are 35? (go — you)
166. When Ursula arrived in England, she ______ a word. (understand — hardly); now she can understand everything.
167. As it is very cold outside, I ______ a coat. (wear)
168. Now I may go dancing, but when I was younger, I ______ dancing. (go — never)
169. You're lucky. If you moved in, you ______ (paint — not = brauchen); your brother already painted it for you.
170. If they had phoned me, I ______ them (help = können); I had enough money to lend them; but they didn't phone; so I ______ them. (help = können).

Ability, permission, prohibition or compulsion?

171. The children ask their parents if they ______ go swimming.
172. In a museum you ______ touch the pictures with your fingers.
173. The girl ______ (not) tell me the way to the shop when I asked her.
174. ______ you tell me what the thief looked like? No, I ______ but I hope you ______ catch him soon.
175. In England most pupils have no school on Saturdays, but when Mary was in Germany last year, she ______ go to school every Saturday.
176. The patient ______ take the medicine twice a day, but he ______ (not) stay in bed.
177. Peter ______ (not) run fast, but he is practising hard so that he ______ run faster next year.
178. In our last holidays I ______ go for a swim whenever I wanted to.
179. ______ I go to England? No, you ______ because you are too young. But next summer you ______ go there.
180. Must I run to get the train? No, you ______; you have much time.

181. You ______ steal the pictures from a museum.
182. I don't want to, but tomorrow I ______ take an English test.
183. The students ask their teacher if they ______ talk in class.
184. The doctor is telling the patient he ______ rest a lot, but he ______ (not) stay in bed all day.
185. You ______ (not) tell me where the dog was yesterday. ______ you tell me now?

Possibility or duty?

186. We ______ help blind people to cross the street.
187. I don't know where Tim is. He ______ be at Bill's house.
188. A pen-friend ______ write all the letters with care.
189. We aren't sure, but the baby ______ all the time we were gone. (cry)

Übersetze!

Ability

190. Ich kann nicht schwimmen.
191. Als ich zwei Jahre alt war, konnte ich nicht schwimmen.
192. Mit 80 Jahren werde ich nicht schwimmen können.
193. Bis meine Oma starb, konnte ich jeden Sonntag zu ihr gehen.
194. Kannst du Klavier spielen?
195. Er kann seit 5 Jahren sprechen.
196. Sie konnte mit einem Jahr schon laufen.
197. Sie werden in 2 Stunden nach Hause fahren können.

Possibility

198. Es kann sein, daß ich um 17 Uhr nicht hier bin.
199. Es könnte sein, daß ich das Flugzeug nicht nehme.
200. Es kann sein, daß sie früher gegangen ist.
201. Sie hatten Angst, daß Wölfe im Wald sein könnten.
202. Es könnte sein, daß das nicht geschehen wäre, wenn sie hier gewesen wäre.
203. Es kann sein, daß du in der Küche warst.
204. Sie fürchteten, er ginge nicht.
205. Sie meinte, er könnte tot sein.
206. Es könnte regnen.

Permisssion — Prohibition

207. Darf ich gehen?
208. Du darfst in der Straßenbahn nicht rauchen.

209. Mit 10 Jahren durfte ich allein in eine andere Stadt gehen.
210. Du wirst heiraten dürfen, wenn du 18 bist.
211. Seit 1 Jahr habe ich um 22 Uhr ins Bett gehen dürfen.
212. Wenn er 18 wäre, dürfte er wählen.
213. Wir durften nicht zu laut sprechen.
214. Du hast mir nicht geholfen; deshalb darfst du kein Eis haben.
215. Kinder dürfen die Baustelle nicht betreten.
216. Die Passagiere durften das Flugzeug nicht verlassen.
217. Das Kleid darf nicht zu oft gewaschen werden.
218. Ihr dürft noch nicht nach Hause gehen.

Compulsion

219. Ich muß Einkäufe machen.
220. Du mußt zum Arzt gehen.
221. Er mußte zu Hause bleiben.
222. Er muß morgen nach München fliegen.
223. Hast du je Rasen essen müssen?
224. Du brauchst noch nicht zu gehen.
225. Doch, ich muß jetzt gehen.

Duty

226. Du sollst um 20 Uhr zu Hause sein.
227. Er soll nicht so laut sprechen.
228. Wenn sie 18 wird, muß sie ihren Geburtstag feiern.
229. Ich hätte das nicht tun sollen.
230. Ihr hättet uns helfen sollen.
231. Sie hätten gestern kommen sollen.
232. Ich soll eigentlich nicht hingehen.

Necessity

233. Er muß essen, um zu leben.
234. Du mußt das nicht tun, wenn du nicht willst.
235. Ich brauchte gestern nicht mitzugehen.
236. Wir werden mit dem Bus nicht zu fahren brauchen, wenn wir ein Auto haben.
237. Sie muß zweimal im Jahr zum Zahnarzt.

Alle Tabellen

238. Es könnte sein, daß er morgen kommt.
239. Du darfst das Zimmer nicht verlassen.
240. Er sagte, er könne morgen kommen.
241. Wir brauchen nicht früh da zu sein.

242. Ihr sollt nicht so viel essen.
243. Durfte er gestern schwimmen gehen?
244. Du mußt morgen früh aufstehen.
245. Wenn er jetzt käme, dürftest du dann mit mir gehen?
246. Wenn er hier gewesen wäre, hätte es sein können, daß er mit uns gegangen wäre.
247. Ich hätte dir helfen können, wenn du mir Bescheid gesagt hättest.
248. Wann hast du gestern ins Bett gehen müssen?
249. Ich hätte ihr helfen sollen.
250. Was kann ich schreiben?
251. Es wurde von ihr erwartet, daß sie hilft.
252. Wirst du das Buch lesen müssen?
253. Es ist uns verboten worden, hier zu rauchen.
254. Es wird nicht notwendig sein, das Auto zu verkaufen.
255. Es kann sein, daß wir morgen fahren.
256. Wir werden morgen kommen können.
257. Es könnte sein, daß er geschrieben hätte.
258. Würden sie uns morgen besuchen dürfen?
259. Es könnte sein, daß wir geholfen hätten.
260. Er wird nächstes Jahr lesen können.
261. Ihr hättet früher ins Bett gehen sollen.
262. Es kann sein, daß ich morgen krank bin.
263. Es könnte sein, daß ich gekommen wäre, wenn du mich gefragt hättest.
264. Als ich krank war, mußte ich im Bett bleiben.
265. Der Arzt sagte, ich dürfe nach drei Tagen aufstehen, dann würde ich wieder normal essen können.
266. Kinder unter 18 Jahren dürfen keinen Alkohol trinken.
267. Ich kann dir im Moment nicht helfen, weil ich mein Zimmer aufräumen soll.
268. Er sagte, daß er nicht kommen konnte, weil er die Fenster putzen mußte.
269. Er hätte die Fenster putzen müssen, aber stattdessen ging er schwimmen.
270. Müssen wir das machen, ist es wirklich notwendig?
271. Warum kannst du nächste Woche nicht kommen?
272. Ich darf nicht, weil ich dazu verpflichtet bin, mit meinem kleine Bruder zu spielen.
273. Dürftest du kommen, wenn meine Schwester mit deinem Bruder spielte?
274. Hoffentlich wird sie bald nach Hause gehen können.
275. Letztes Jahr konnte sie noch nicht sprechen.
276. Es kann sein, daß wir morgen gehen können.
277. Es könnte sein, daß er hätte gehen dürfen.
278. Wir dürfen nicht dorthin gehen.
279. Er durfte gestern nach Hause gehen.
280. Dürfen wir das Kind sehen?
281. Er wird nächstes Jahr nach London reisen dürfen.
282. Weil keine Bahn kam, mußte ich zu Fuß gehen.

283. Ihr werdet morgen früh zu Hause bleiben müssen, weil eure Mutter krank ist.
284. Sie hätten eigentlich gestern zu Hause sein sollen.
285. Er soll morgen eigentlich um 17 Uhr hier sein.
286. Da es regnet, muß ich einen Regenschirm tragen.
287. Der Mann mit dem gebrochenen Arm fragte: „Wann werde ich wieder schreiben können?"
288. Du solltest am Montag zum Zahnarzt gehen. Warum warst du nicht da?
289. In der Schule durften wir nicht auf dem Tisch sitzen.
290. Sie soll ihr Bett machen, aber sie braucht ihr Zimmmer nicht aufzuräumen.
291. Wenn ich das Buch verloren hätte, wäre ich gezwungen gewesen, ein Neues zu kaufen.
292. Zu Hause darf ich nicht auf dem Bett herumspringen.

Suche die richtige Form des Modalverbes aus!

293. They ______ sing a song tomorrow.
   a) will be supposed
   b) ought
   c) should be to
   d) will be expected to

294. You ______ a letter, but you didn't.
   a) should write
   b) should have written
   c) should be written
   d) should have write

295. They ______ drive a car for 5 years now.
   a) have permitted to
   b) will be permit to
   c) will have been permitted
   d) have been permitted to

296. He isn't sure, but he thinks they ______ here yesterday.
   a) may be
   b) were
   c) might have been

297. I ______ take this test for ten minutes up to now.
   a) was forced to
   b) have been forced to
   c) am forced to
   d) have forced to

298. If you turned the TV off, you ______ write a letter tonight.
a) will be able to
b) would have been able to
c) would be able to
d) would

299. You ______ work hard next year.
a) will have to
b) will
c) would be
d) had to

300. You ______ ten bars of chocolate, but you did.
a) should eat
b) should have eaten
c) should not have eaten
d) should not eat

301. I ______ swimming tomorrow.
a) may go
b) may be gone
c) might have gone
d) may will go

302. They ______ drive a car for two months by this time next year.
a) will be allowed to
b) have been allowed to
c) can
d) will have been allowed to

303. We ______ go to bed early tomorrow.
a) will have to
b) will
c) would be
d) had to

304. Du wirst morgen deine Hausaufgaben machen müssen.
a) You will do your homework tomorrow.
b) You are forced to do your homework tomorrow.
c) You will have to do your homework tomorrow.
d) You were compelled to do your homework tomorrow.

305. Werdet ihr morgen den Brief lesen dürfen?
a) Would you be allowed to read the letter tomorrow?
b) Were you been allowed to read the letter tomorrow?
c) Will you been allowed to read the letter tomorrow?
d) Will you be allowed to read the letter tomorrow?

306. Wir brauchen nicht laufen. — Das Auto ist da.
    a) We need not to walk. — The car is there.
    b) We aren't necessary to walk. — The car is there.
    c) We need not walk. — The car is there.
    d) There is any need to walk. — The car is there.

307. Wir müssen vier Klassenarbeiten schreiben.
    a) We have taken four tests.
    b) We must took four tests.
    c) We must take four tests.
    d) We must compelled to take four tests.

308. Nein, du mußt jetzt nicht ins Bett; du kannst aufbleiben.
    a) No, you don't have to go to bed now; you can stay up.
    b) No, you need not to go to bed now; you can stay up.
    c) No, you must not go to bed now; you can stay up.
    d) No, you mustn't to go to bed now; you can stay up.

309. Werden wir morgen auf der Fahrt essen können?
    a) Should we eat on the trip tomorrow?
    b) Could we eat on the trip tomorrow?
    c) Will we eat on the trip tomorrow?
    d) Will we be able to eat on the trip tomorrow?

310. Es kann sein, daß sie gestern da waren.
    a) It may be, that they have been there yesterday.
    b) They may be there yesterday.
    c) They may have been there yesterday.
    d) They could have been there yesterday.

311. Darf ich morgen spät ins Bett gehen?
    a) Would I be allowed to go to bed late tomorrow?
    b) Was I supposed to go to bed late tomorrow?
    c) Will I be supposed to go to bed late tomorrow?
    d) Will I be allowed to go to bed late tomorrow?

312. Ihr werdet morgen gezwungen sein, das Auto zu Hause zu lassen.
    a) You will leave the car at home tomorrow.
    b) You are forced to leave the car at home tomorrow.
    c) You will have to leave the car at home tomorrow.
    d) You were compelled to leave the car at home tomorrow.

313. Haben die Leute gestern genug essen können?
    a) Have the people enough to eat yesterday?
    b) Have the people been able to eat enough yesterday?
    c) Did the people have enough to eat yesterday?
    d) Were the people able to eat enough yesterday?

314. Sie soll ihre Hausaufgaben machen.
    a) She would be expected to do her homework.
    b) She'll have to do her homework.
    c) She should be expected do her homework.
    d) She ought do her homework.

315. Ich hätte mit ihm sprechen sollen.
    a) I would have spoken with him.
    b) I should have spoken with him.
    c) I should speak with him.
    d) I should had speak with him.

316. Ihr werdet die Milch für uns kaufen müssen.
    a) You should be supposed to buy the milk for us.
    b) You have been expected to buy the milk for us.
    c) You'll have to buy the milk for us.
    d) You would be expected to buy the milk for us.

317. Wir müssen die Schweine jetzt füttern.
    a) We should feed the pigs now.
    b) We must compelled to feed the pigs now.
    c) We must feed the pigs now.
    d) We have feed the pigs now.

21. **Gerund** (das Gerundium)

21.1. Ein ''gerund'' (verbal noun = -ing form of a verb used as a noun = substantiviertes Verb) kann wie folgt gebraucht werden:

21.1.1. als **Subjekt** (subject)

Hockey is fun. ***Swimming*** is fun.

21.1.2. als **prädikative Ergänzung** zum Subjekt nach dem Verb ''to be''. Andere Bezeichnungen hierfür sind: Subjektergänzung, subject complement, predicate nominative, predicate complement.

The man is my father. Her task was ***washing up.***

21.1.3. als **Objekt** (object)

She likes the Beatles. She likes ***swimming***.

21.1.4. als **Substantiv nach Präpositionen** (noun after prepositions): without, by, etc.

I always see him without a car.
She always takes my dresses without ***asking***.

21.2. Nach dem ''gerund'' kann

- ein **Objekt** folgen.

  Watching ***birds*** is fun.

- ein **Adverb** folgen.

  She likes *swimming* ***quickly.***

21.3. Ein ''gerund'' kann einen bestimmten Artikel (the) oder ein Adjektiv vor sich haben.

She did most of ***the*** *talking*.
He received a warning for ***bad*** *driving.*

21.4. Ein ''gerund'' wird oft nach den folgenden Verben gebraucht:

admit, adore, anticipate, appreciate, avoid, be busy, catch, cease, consider, cut out, defer, delay, deny, detest, discontinue, dislike, dread, enjoy, escape, excuse, fancy, favour, finish, forgive, how about, imagine, include, involve, justify, keep, loathe, mention, mind, miss, no good (It is no good), no use (It is no use), not much use, oppose, pardon, postpone, practise, prevent, propose, recall, recollect, recommend, regret, reject, remember, resent, resist, resume, risk, save, can't stand, stop, suggest, understand, value, what about, It is worth

21.5. Ein ''gerund'' wird gebraucht nach den folgenden Kombinationen:

''verb + adjective'', ''verb + noun'', ''verb + preposition'':

accuse of, be accustomed to, adjust to, admit to, advantage of, be afraid of, agree on/to/with, alternative of,be amazed at, amount to, angry about/at, apologize for, approve of, be ashamed of, ask about, assist in, be astonished at, be bad at, begin by, believe in, benefit from, blame for, boast about, be busy, bother about, be capable of, care about/for, be certain of, chance of, choice between, be clever at, complain about/of, concentrate on, congratulate on, be conscious of, consist of, convince of, cope with, count on, be crazy about, be in danger of, a great deal of, decide against/on, delight in, be delighted about/at, depend on, devote to, die of, difference between, difficulty in, be disappointed about/at, disapprove of, dislike for/of, doubt about, dream about/of, be enthusiastic about, escape from, be excited about, excuse for, experience in, fail in, be famous for, for fear of, be fed up with, feel like, be fond of, forgive for, be frightened of, get around to, get sick of, get tired of, give up, be glad about, go on, be good at, be grateful for, grumble at, be guilty of, habit of, be happy about, hear about/of, hope of, impressed with, indulge in, insist on, intention of, take an interest in, be interested in, be keen on, keep from/on, know about, be late for/in, leave off, listen to, look forward to, means of, method of, necessary for, necessity for, need for, be nervous about, object to, objection to, occasion for, opportunity of, pay for, persist in, place for, be pleased about/at/with, have the pleasure of, take pleasure in, be on the point of, There's no point in, possibility of, prevent s.o. from, privilege of, problem about/in/of, profit by/from, be proud about/of, punish for, put off, quarrel about, reason for, refrain from, rely on, be right in, There's no risk of, be sad at, be satisfied with, see about, be serious about, be shocked at, be sick of, sorry for, speak of, specialize in, spend on, succeed in, be sure of, be surprised at, suspect of, take part in, talent for, talk about/of, taste for, tell about, thank for, think about/of, be tired of, trouble in, be used to, useful for, warn against, way of, be weary of, worry about

21.6. **perfect gerund**

Hier bezieht sich ein ''gerund'' auf eine vergangene Handlung.

It's no good, It's worth(while), It's no use, It's useless, What's the use of?

> ***What's the use of saying*** you're sorry? The coffee is spilt and my dress is wet and dirty.

21.7. Ein ''gerund'' ersetzt ein ''**adverbial clause**'' nach den folgenden Präpositionen:

after, at, apart from, be against, be for, before, besides, by, for, from, in, in spite of, instead of, on, since, with, without

> Before he did his homework, he went outside to play.
> ***Before doing*** his homework, he went outside to play.
>
> After he had done his homework, he went outside to play.
> ***After having done*** his homework, he went outside to play.

21.8. **Entweder ein ''gerund'' oder ein ''infinitive''** darf nach den folgenden Wörtern gebraucht werden:

advise, allow, attempt, begin, can't help, cease, continue, dislike, encourage, forbid, forget, go on, hate, intend, like, love, mean, need, neglect, opportunity, permit, prefer, propose, recommend, regret, require, remember, start, stop, try, used to

21.8.1. **like, dislike, hate, love, prefer**

- like + gerund = etwas, das immer wahr ist.
  I like ***going*** dancing.

- would like + infinitive = Man denkt an einen bestimmten Zeitpunkt, einen Einzelfall.

  I would like ***to go*** dancing tonight.

21.8.2. **forget, remember**

- remember + gerund = Man denkt an etwas in der Vergangenheit

  Do you remember ***having*** . . . as a teacher?

- remember + infinitive = etwas in der Gegenwart oder Zukunft; oft ein Befehl oder Hinweis. Es kann aber auch eine Frage bezüglich der sehr nahen Vergangenheit sein.

  Please remember ***to go*** to the post office today.
  Did you remember ***to go*** to the post office this afternoon?

21.8.3. **stop**

- stop + gerund = bloß eine Tätigkeit aufhören, ohne etwas anderes unbedingt anzufangen.

  He stopped ***reading*** when I came in.

- stop + infinitive = etwas aufhören, um etwas anderes anzufangen.

  The driver stopped the car ***to ask*** for the way.

21.8.4. ***regret***

- regretted + gerund = (active present) Es tat jemand leid, etwas getan zu haben.

  She regretted ***telling*** me her secret.

- regret(s) + gerund (active perfect) = Es tut jemand leid, etwas getan zu haben

  She now regrets ***having told*** me her secret.

- regret(s) + infinitive = Es tut jemand leid, etwas sagen zu müssen.

  She regrets **to inform** you that she can't come.

21.8.5. **advise, allow, encourage, forbid, permit, recommend, require**

- Wenn kein Objekt vorhanden ist, kommt das "gerund".

  We allow ***smoking***.

- Wenn im Satz ein Objekt vorhanden ist (wem etwas erlaubt/geraten/verboten ist), kommt ''to + infinitive''.

  We allow him ***to smoke***.

21.8.6. **attempt, intend** = beide Formen dürfen gebraucht werden; der ''infinitive'' ist aber gebräuchlicher.

21.8.7. **begin, cease, continue, start** = Es ist egal, welche Form gebraucht wird.

21.8.8. **can't help**

- Wenn can't help die Bedeutung von ''nicht umhin können'' (ich kann nicht verhindern) hat, kommt das ''gerund''.

  It was so funny. I couldn't help ***laughing***.

- Wenn es die Bedeutung ''nicht helfen'' und dann auch ein Objekt hat, kommt ''to + infinitive''.

  I can't help him ***to do*** his homework.

21.8.9. **go on**

- gerund = dieselbe Tätigkeit weiterhin tun; weiter machen.

  You can go on ***playing*** until I call you.

- infinitive = eine andere Tätigkeit als nächstes tun.

  After the children had cleaned up their rooms, they went on ***to help*** their mother wash the dishes.

21.8.10. **means**

- gerund = etwas muß getan werden.

  It's pouring outside. That means ***wearing*** raincoats again.

- infinitive = beabsichtigen, etwas zu tun.

  We meant ***to walk***, but as it was pouring, we couldn't.

21.8.11. **need**

- gerund = passive Form = benötigt

  My car needs ***washing***.

- infinitive = active Form = muß

  I need ***to wash*** my car.

21.8.12. **opportunity**

- to have the (an) opportunity of + gerund

  You will have the opportunity of ***seeing*** her alone.

- There will be (It will be) an opportunity to + inf.

  There will be an opportunity for you ***to see*** her alone.

21.8.13. **try**

- gerund = Ein Experiment machen; etwas ausprobieren.

  Try ***adding*** water to your drink.

- infinitive = ein Versuch machen; sich bemühen (sich anstrengen), etwas zu tun.

  Try ***to understand*** what I am saying.

21.8.14. **used to**

- to be used to = Wenn eine Form von "to be" vor dem "used to" erscheint, hat es die Bedeutung "gewohnt" und wird nur als "gerund" ausgedrückt.

  I was used to ***taking*** the bus.
  Ich war es gewohnt, mit dem Bus zu fahren.

  Don't worry; soon you will be used to ***working***.
  Mach Dir keine Sorge. Bald wirst Du daran gewöhnt sein zu arbeiten.

- used to. Wenn das Verb ohne ''to be'' erscheint, bedeutet es ''pflegte zu tun'', ''hat früher getan'' und wird mit der Infinitiv gebildet. Diese Form erscheint nur in der Vergangenheit.

  I used ***to take*** the bus; then I bought a car.

21.9. Wenn ein ''**personal pronoun**'' vor dem ''gerund'' kommt, hat es die Besitzform (3. Tabelle):

my, your, his, her, its, our, your, their

He closed the door. I didn't mind ***his closing*** the door.
Father closed the door. I didn't mind ***father's closing*** the door.
Can't the children stop ***their fighting***?

21.10. **Übersicht**

	active	*passive*
present	taking fighting	being taken being fought
perfect	having taken having fought	having been taken having been fought

21. Gerund

Kommt das Gerundium oder der Infinitiv? Setze die richtige Form in den Satz.

1. I am looking forward to (see) you.
2. I wish (see) the manager.
3. It's no use (wait).
4. He warned her (not touch) the wire.
5. Don't forget (lock) the door before (go) to bed.
6. My mother told me (not speak) to strange men.
7. At dinner she annoyed me by (smoke).
8. Would you mind (show) me how (work) the lift?
9. After (walk) for three hours, we stopped (let) the others catch up.
10. The boys like (play) games but hate (do) lessons.
11. I couldn't help (overhear) what you said.
12. She doesn't allow (smoke) in her house.
13. He doesn't allow his family (smoke) at all.
14. He surprised us all by (go) away without (say) ''good-bye.''

a) Kombiniere die Sätze mit der richtigen Form;
b) Ändere den Satz um, indem die richtige Gerundium-Form gebraucht wird.

15. He has improved his French; he learns a few hours every day. (by)
16. Alfred succeeded; he defeated the Danes. (in)
17. Father laughed heartily; he could not help it.
18. You must come at once; I insist on it.
19. He opened the window; I did not mind it.
20. Do not talk, Tommy, stop!
21. Father reads the newspaper after dinner; he is fond of doing so.
22. After he had returned from school, Tom did his homework.
23. The girl got an expensive stamp; she paid a great sum for it. (by)
24. Before we go to school, we say good-bye to Mother.
25. Nobody can be put into jail before he has been tried.
26. He left the room; he did not say a word. (without)
27. Charles got a prize; he had written the best exercise. (for)
28. After he had arrived in London, Tom at once visited the Tower.
29. To swim is healthy.
30. The Normans continued to speak French.
31. He finished (speak) and sat down.
32. We are looking forward to (read) your new book.
33. They don't allow (smoke) in this theatre.
34. He is thinking of (leave) his job and (go) to America.
35. He was accused of (steal) cars.
36. Do stop (talk); I am trying (finish) a letter.

37. The police accused him of (set) fire to the house, but he denied (have been) there.
38. I could not but laugh.
39. To travel by ship is more pleasant than to travel by train.
40. I have always liked (learn) poems.
41. I prefer to walk.
42. Billy had won a prize; he was very proud of it.
43. I have written a letter; I have finished it.
44. You may go alone; I don't mind it.
45. You can do that; nobody will prevent you. (from)
46. He is not lazy; you can't accuse him of it.
47. After he had finished his work, he went home.
48. Tom frightened me; he banged the door behind him.
49. I shall come in time; you may depend on it.
50. I am in a great hurry; please excuse me.
51. To see is to believe.
52. I hate to listen to such talk.
53. Monika is a German; she is proud of it.
54. What is the (mean) of this word?
55. To write books is hard work.
56. She remembers (go) to school for the first time.
57. Did you remember (lock) the car?
58. After (spend) two days (argue) about where to go for their holidays, they decided (not go) anywhere.
59. He said, "I'm terribly sorry for (keep) you (wait)."
60. The teacher began by (tell) us where the island is.
61. Would you like (come) to a lecture?
62. What about (buy) two dresses?
63. What about (come) with us, Ann?
64. When would you like (start)?
65. Let's wait until it stops (rain).
66. He succeeded in (climb) out of the window.
67. Remember (bring) your balls.
68. What about (have) a picnic?
69. After (spend) a week in the cottage, he decided that he didn't really enjoy (live) in the country.
70. The town was captured without a shot (be) fired.
71. You still have a lot (learn) if you'll forgive my (say) so.
72. Why do you keep on (look) back?
73. Is he afraid of (walk) home alone?
74. He had given an impolite answer. We regret it.
75. Do you remember (hear) that story last year?
76. The story was so interesting that the girls stopped (talk) (listen) to it.
77. We go to the cinema often. We are interested in it.

78. They don't allow girls (wear) trousers at school.
79. They don't allow girls (wear) trousers to enter the church.
80. Did she remember (phone) you yesterday?
81. We had phoned them yesterday. Do you understand it?
82. She watched TV before (do) her homework.
83. You were on television. Could they imagine it?
84. They hurt you. Please forgive them. (for)
85. Linda, don't eat; stop!
86. Mr. Smith didn't permit (talk) in his class.
87. I sewed my dress. I didn't use a machine. (without)
88. I went to school for one year. I could write my name. (after)
89. You'll get up at 5 a.m. Do you think you'll succeed in it?
90. They'll always prefer (drink) milk to (drink) rum.
91. I read his book. He didn't mind it.
92. Would they mind (help) him to wash the car?
93. Does he want to clean his room? Does he feel like it?
94. To help you wash dishes is fun.
95. Would you mind (tell) me what time it is?
96. They didn't allow their children (watch) television.
97. Sally, don't run; stop!
98. She had taken English for four years. She could speak it well. (after)
99. To ride a boat on a sunny day is fun.
100. He was suspected of (shoot) the man.
101. I'll always dislike (write) letters.
102. They smoked cigarettes. I didn't mind it.
103. I read her letter before (write) an answer.
104. Did you remember (buy) shoes yesterday?
105. During their walk they stopped (have) a cup of coffee.
106. They don't permit (run) in the halls.
107. She went home. He regrets it.
108. I collect stamps. I am interested in it.
109. Do you remember (climb) trees when you were a boy?
110. He had helped her. I understand it.
111. They will get a good mark. They will, of course, succeed in it.
112. Do you want to go to bed? Do you feel like it?
113. I drank oil. Can you imagine it?
114. He did his homework. He didn't ask his mother for help. (without)
115. They had left us so soon. I regret it.
116. Do you remember (read) that book three years ago?
117. We slept for two hours. We woke up. (after)
118. He reads many books. He is interested in it.
119. Do they want to go for a picnic? Do they feel like it?
120. They washed their hands. They didn't use soap. (without)
121. Are you proud of (be) a German?

122. We don't allow (cheat) on our tests.
123. She ran away from home. We understand it.
124. Would he mind (show) her where the cathedral is?
125. The TV programme was so exciting that the children stopped (play) in the snow (see) it.
126. I'll write a book. I'll succeed in it.
127. You sat on a camel. Could he imagine it?
128. I love to ride a pony.
129. She had seen him often before (talk) to him.
130. I was late. Please forgive me. (for)
131. He always liked (help) his mother and father.
132. We won't permit our boy (smoke) at home.
133. Do they always remember (go) to the dentist?
134. We talked loudly. They didn't mind it.
135. I watch birds. It is an interesting hobby.
136. He talks a lot. He does most of it.
137. She works in the office. She likes it.
138. Father was angry because we had stopped (help) him.
139. Although he was busy, the man stopped (help) us.
140. Because he thought he was too big for such work, the boy stopped (help) his mother with her work.
141. I always like (see) a good film.
142. Right now I'd prefer (be) alone.
143. I dislike (take) such tests.
144. He avoided (meet) her as long as he could.
145. Although nobody was listening, he kept on (talk).
146. Would you like (go) for a walk?
147. I want you (read) that book.
148. I remember (see) the film in 1980.
149. My mother always expects me (make) my bed.
150. If you don't stop (make) that sound, I'll hit you.
151. I couldn't help (feel) sorry for the injured boy.
152. I like (play) records.
153. Will you please remember (bring) me my book tomorrow?
154. You're not asleep now. Why can't you help me (make) the coffee?
155. My brother's trying (draw) a picture, but he's only two years old now.
156. If we stop (buy) a book on the way, we won't get to school on time.
157. Don't try (move) your arm. It might be broken.
158. When I asked her, she said she hadn't remembered (phone) him in time.
159. I can't help (sing) that tune. I like is so much.
160. He said he was too young to remember (go) to America when he was a child.
161. I'm fond of (draw) pictures and I'd like you (draw) one, too.
162. I hope you enjoyed (watch) the film.
163. Did you forget (write) the letter?

164. After an hour the baby finally stopped (cry).
165. When we saw a lady in distress, we stopped (help) her.
166. She wants (go) for a walk this afternoon.
167. He prefers (eat) chocolate to liver.
168. Although they heard her, they kept on (walk).
169. He avoided (see) me this afternoon.
170. She would hate (hurt) her brother.
171. We did not mind (go) to the store.
172. After ten minutes he finished (write) the letter.
173. Tom encouraged Susan (read) the difficult book.
174. Please try (tell) me why I can't go.
175. I'd like (hear) that woman sing!
176. Don't forget (write) your name on that page.
177. Stop (talk) when your mouth is full.
178. Father hates (be) late.
179. I couldn't help (cry) when I saw the sad film.
180. Try (talk) without yelling.
181. Child, do you now regret (take) Susan's money?
182. Father used (take) the bus before he had a car.
183. We advised him (go) to a doctor.
184. I'm sure we'll forget (leave) on time.
185. We were used (go) to bed early when we were children.
186. We used (go) to bed early when we were children.
187. The police required us (tell) them where we live.
188. If you're so tired, try (go) to bed earlier. Maybe then you won't be so tired.
189. We stopped (help) the injured man.
190. I was used (work) late when I was a teacher.
191. I advised (write) a letter.
192. My sister likes (take) pictures every day.
193. Father couldn't help me (learn) the new English words.

22. Participles

22.1. **Present participle** = -ing Form des Verbes (Präsenspartizip)

Die Form ist eine **aktive Form**. Die Personen führen selbst eine Handlung aus. Die Form wird gebraucht:

22.1.1. als **object complement** (Ergänzung zum direkten Objekt)

nach Verben der Sinneswahrnehmung (verbs of perception)

feel (fühlen, spüren), find (feststellen), hear, notice, see, smell, watch

Vergleiche:

- Der Verlauf des Geschehens wird festgestellt und beobachtet.

  The teacher heard us ***talking*** in class.

- Ein kurzer Punkt wird beschrieben. Eine bloße Tatsache wird festgestellt.

  The teacher heard Jane ***say*** something.

in Verbindung mit den Verben ''catch'', ''find''

catch/find + D.O. + participle

If I catch ***him smoking***, he'll get a spanking.

nach den Verben ''to have'', ''to get''

He had *me* ***diving*** in no time.

nach Verben wie: to keep, leave (lassen), find

Don't keep Tom ***waiting***.
Did your father leave you ***sitting*** there?
I found my baby ***crying*** when I came home.

nach Verben der Ruhe und Bewegung:

to come, go, lie, remain, sit, stand, stay

I stood ***waiting*** for his girlfriend to get ready.

22.1.2. Wenn das ,,present participle'' ein **eigenes Subjekt** hat, wird es

- häufig durch die Präposition **,,with''** eingeleitet.

  It was very loud with the baby ***crying***.

- von dem Hauptsatz mit einem *Komma* abgetrennt.

  The children left the house, each ***going*** in a different direction.

22.1.3. als **adjective**

I like ***running*** water.
We'll see you in the ***coming*** days (in the days which are coming).

22.1.4. als **Verkürzung für einen Relativsatz**

- Das Verb ist eine -ing-Form.

  We saw the men who were carrying the chairs.
  We saw the men ***carrying*** the chairs.

- Das Verb bezeichnet eine Handlung, die gewohnheitsmäßig oder durchgehend ist. Das Verb zeigt etwas, das ständig der Fall ist.

  The road which leads along the field is narrow.
  The road ***leading*** along the field is narrow.

  People who drive cars should not drink.
  People ***driving*** cars should not drink.

- Das Verb äußert einen Wunsch.

  desire, hope, want, wish

  Linda, who hoped to get a good grade, studied hard.
  Linda, ***hoping*** to get a good grade, studied hard.

- Das Verb drückt Erwarten oder Denken aus:

  believe, expect, know, think

  Tom, who expected it to be a sunny day, suggested a picnic.
  Tom, ***expecting*** it to be a sunny day, suggested a picnic.

22.1.5. als **Verkürzung für adverbial clauses.**

Das Subjekt des Haupt- und des Nebensatzes muß gleich sein.

time	before, when, after, until, till, while

Der ''participle''-Teil des Satzes steht meist vor dem Hauptsatz. Wenn ein Objekt im Hauptsatz vorhanden ist, muß oft ''when, while'' vor dem ''participle'' stehen, um Mißverständnisse zu vermeiden.

When we arrived at the seaside, we went to the water right away.
Arriving at the seaside, we went to the water right away.

The thief shot the policeman while he was trying to escape.
The thief shot the policeman trying to escape.
Wer wollte entkommen?
The thief shot the policeman while ***trying*** to escape.

reason	Keine Konjunktion wird gebraucht.

Ebenfalls steht der ''participle''-Teil des Satzes meist vor dem Hauptsatz.

Since the woman was tired, the woman went to bed.
Being tired, the woman went to bed.

concession	though, although

Although he thought she was gone, he phoned.
Though thinking her to be gone, he phoned.

manner	(Art und Weise). ohne Konjunktion

Im deutschen werden die zwei Satzteile oft durch ''und'' verbunden. Der ''participle''-Teil steht gewöhnlich hinter dem Hauptsatz.

Hans ran away and left his mother alone.
Hans ran away, ***leaving*** his mother alone.

22.1.6. um **einen Satz oder Hauptsatz zu ersetzen.**

- Zwei Handlungen werden gleichzeitig von demselben Subjekt ausgeführt.

  The girl drove away. The girl sang as she went.
  The girl drove away, ***singing*** as she went.

- Einer Handlung folgt sofort eine zweite Handlung. Das Subjekt der beiden Sätze bleibt gleich. Im deutschen werden die zwei Sätze mit ''und'' verbunden. Die erste Handlung wird als ''participle'' ausgedrückt.

  The burglar broke the window. The burglar climbed into the house.
  Breaking the window, the burglar climbed into the house.

- Die zweite Handlung ist ein Teil oder ein Resultat der ersten Handlung. Die zweite Handlung wird als ''participle'' ausgedrückt.

  The girl stumbled. The girl hit her head on the table.
  The girl stumbled, ***hitting*** her head on the table.

22.2. **Past participle** = 3. Form des Verbes = Perfektpartizip = Partizip Perfekt

Die Form ist eine **passive Form.** Eine Handlung wird ausgeführt. Die Form wird gebraucht als

22.2.1. **object complement** (Objektergänzung)

Hier haben die Sätze eine ***passive*** Bedeutung.

nach den Verben ''to have, to get'' (lassen, veranlassen)

I	*had*	***my house***	*repaired*.	
Subj.	Verb	Objekt	Perfektpartizip	**passiv**
Ich	ließ	mein Haus	reparieren.	

(Vergleich den Satz mit:)

I	*had repaired*	***my house***.	
Subj.	Verb	Objekt	**aktiv**
Ich	hatte	mein Haus repariert.	

Der zweite Satz ist aktiv. Wenn man ''to have, to get'' + 3. Form gebraucht, ist der Satz passiv. Jemand anders — nicht die Person, die als Subjekt genannt wird, — macht die Sache. Wenn man die Sätze genau vergleicht, sieht man, daß die Wörter identisch sind, bloß in einer anderen Wortstellung. Bei der ***aktiven*** Form tritt das Verb als Einheit (had repaired) auf. Das Objekt (my house) kommt nach dem Verb. Bei der ***passiven*** Form ist das Verb auseinandergerissen (had . . . repaired). Das Objekt ist dazwischen (my house). An dieser Wortstellung erkennt man, daß die Bedeutung von ''tun lassen'' angebracht ist. (Ich ließ es machen.)

nach Verben, die ''wünschen'' und ''wollen'' ausdrücken:

to want, to wish

He ***wants*** the letter *written* by tomorrow.

nach Verben der Sinneswahrnehmung:

feel (fühlen, spüren), find (feststellen), hear, notice, see, smell, watch

Linda ***heard*** her name *called*.

nach ''to keep, to leave, to make''

Can father ***make*** himself *understood* with all the noise?

nach ''to catch, to find'' + D.O.

I ***found*** her dress all *torn* into pieces.

22.2.2. Wenn das ''past participle'' ein **eigenes Subjekt** hat, wird es

- häufig durch die Präposition ''**with**'' eingeleitet.

  Father and I sat ***with*** our hands *folded*.

- von dem Hauptsatz mit einem **Komma** abgetrennt.

  We all sat there, our faces *covered* by our hands.

22.2.3. adjective

Das Verb eines Satzes wird zum Adjektiv.

I saw the car. It was stolen.
I saw the ***stolen*** car.
He has broken his leg. He has a ***broken*** leg.

22.2.4. verkürzte Relativsätze

Hierbei stehen die eingeschobenen Wörter direkt hinter dem Substantiv, zu dem sie gehören.

The boy was taken to the doctor. The boy was injured on his head.
The boy ***injured*** on his head was taken to the doctor.

22.2.5. adverbiale Bestimmung

- Bei **aktiver** Bedeutung wird der Satz mit ''having + 3. Form'' gebildet.

I saw the film. I went home.
Having seen the film, I went home.

- Bei **passiver** Bedeutung wird der Satz meistens ohne ''being'' bzw. ''having been'' gebildet.

Having been given a choice, I'd prefer steak, please.
Given a choice, I'd prefer steak, please.

Seen from a distance, the dress doesn't look bad.

I heard a song. It was sung by a man.
I heard a song ***being sung*** by a man.
I heard a song ***sung*** by a man.

time

While I was being driven in a car, I read a book.
While ***driven*** in a car, I read a book.

reason

As Tom had been driven to the city, he was home sooner than we expected.
Driven to the city, Tom was home sooner than we expected.

concession — though, although

Although the fire was discovered immediately, it spread quickly.
Although ***discovered*** immediately, the fire spread quickly.

manner

Opened slowly and carefully, the door didn't hurt anyone.

condition — if. Die Konjunktion ist erforderlich.

If I were asked, I would go along.
If ***asked***, I would go along.

22.3. Perfect Participle

22.3.1. Perfect Participle active = having + 3. Form.

Diese aktive Form zeigt, daß eine Handlung vorbei war, bevor die nächste Handlung anfing.

The men had done the work. The men went home.
Having done the work, the men went home.

- Diese Form ist nötig, wenn eine Unklarheit entstehen könnte, wenn man bloß die ''-ing''-Form (present participle = z.B. cleaning) gebrauchen würde.

Cleaning the windows, I went shopping.
(Ging man einkaufen, während man die Fenster putzte?)

Having cleaned the windows, I went shopping.
(Es ist eindeutig, daß man zuerst die Fenster fertig geputzt hatte. Dann ging man einkaufen.)

- Die Form ist notwendig, wenn eine Zeitspanne zwischen den zwei Handlungen existiert.

  Not ***having visited*** my niece for five years, I was surprised to see how tall she had grown.

- Die Form wird gebraucht, wenn die erste Handlung sich über eine lange Zeitspanne erstreckt.

  Having gone to school for 13 years, I was glad to be finished.

22.3.2. **Perfect Participle passive** = having been + 3. Form.

Diese passive Form betont, daß eine Handlung vor einer anderen Handlung geschehen ist.

The children were warned not to go to bed too late.
The children went upstairs right after supper.
Having been warned not to go to bed too late, the children went upstairs right after supper.

The work had been done. The men went home.
The work ***having been done***, the men went home.
The work ***done***, the men went home.

22.4. Ein **Objekt** kann nach ''participles'' folgen.

Hearing the teacher's ***voice***, we hurried to our seats.
After ***having eaten*** so many ***chickens***, Max and Moritz were very full.

22.5. Ein **Adverb** kann nach ''participles'' folgen.

Riding the horse ***quickly***, I arrived home before my sister.
Having learnt the words ***poorly***, I forgot them rapidly.
Being thrown in the air ***unexpectedly***, I screamed loudly.

22.6. **Übersicht**

	active	*passive*
present participle	taking eating	being taken being eaten
past participle	—	taken eaten
perfect participle	having taken having eaten	having been taken having been eaten

22. Participles

Ändere die Sätze in Partizipkonstruktionen um.

1. The girls looked at the pictures which had been taken long ago.
2. The girl who was waiting for the bus was reading a book.
3. Since I knew that we had no school today, I stayed in bed.
4. He sat at his desk while he was writing a letter.
5. The boy snatched his coat and ran out the door.
6. We went through the door and found that we were surrounded by our friends.
7. The woman who was waiting at the bus stop was very nervous.
8. They found us outside where we were lying in the sunshine.
9. We bought pictures that were drawn by a famous artist.
10. I found that the girls acted very grown-up.
11. After Linda had finished her homework, Linda went to bed.
12. That's my brother who is riding a bicycle.
13. When my mother saw the spider, mother ran away.
14. As I knew that the children were cold, I gave them their coats.
15. If the little girl was asked her name and address, she couldn't tell it.
16. That's the cake that was baked by my mother.
17. They'll visit us in the year which is coming.
18. We like children who are swimming.
19. Because I didn't see the baby, I called everywhere.
20. The woman couldn't hear her husband because of her child which was screaming.
21. Though we paid for the lesson, we didn't go there.
22. We found the car which was stolen.
23. Since the girl saw that she wouldn't catch the bus, the girl stopped running.
24. The teenager yelled that she was late and ran to the bus.
25. The boy who was writing a letter didn't hear his mother.
26. We counted the toy cars that were given to us by our friends.
27. Because I felt lonely, I went to my friend's house.
28. The children did their homework while they listened to the radio.
29. The girl woke up and found that her mother was sleeping.
30. As they hoped to get more money from us, the children behaved very nicely.
31. The mother said good-night to the children and left their room.
32. After we had eaten our meal, we took a walk.
33. When I looked through the window, I saw the sad girl.
34. While the man took a shower, the man sang.
35. Though we wanted to go to bed early, we went to bed late.
36. When the cat saw the mouse, the cat chased it.
37. We searched and saw the cat where it was sitting in a tree.
38. If the medicine is taken at once, it will help you in minutes.
39. Because I wasn't told exactly how to get there, I got lost.

40. The woman saw the man who was riding on a horse.
41. The injured man found that the doctor was helping him.
42. We look at the horse which was ridden by the blind child.
43. After our friends said good-bye, they drove away.
44. The man took his money and went to the shop.
45. When the man had closed the door, he locked it.
46. The children hunted and found the boy where he was hiding from them.
47. We tickled the baby who was held by its mother.
48. The taxi drove away and left the strange people at our house.
49. Since the child didn't feel good, the child stayed in bed.
50. After the work had been completed, the people drove home.
51. As we had gone to bed very late, we didn't want to get up early.
52. After the mother had bathed the baby, she put it to bed.
53. The player caught the ball and ran to the goal.
54. The people saw the tiny bird which was caught by the cat.
55. When it had rained, the air was cooler.
56. The men in the crashed airplane found that they were surrounded by friendly natives.
57. Though the mother expected her child to phone in the evening, she waited all day near the telephone.
58. The child took a pencil and drew a picture.
59. Because we thought it would rain, we didn't go swimming.
60. When the woman had taken her shower, she went to bed.
61. After the men had finished their job, they ate their lunch.
62. Since the man didn't want to be late, the man drove quickly.
63. If the cold milk is drunk too quickly, it will give you a stomach ache.
64. Until I came here, I didn't know how bad the situation was.
65. The baby climbed on a chair and started to play the organ.
66. The mother saw the dirt which was swept under the rug by her daughter.
67. After the girl had drunk her milk, she was happy.
68. As I thought the baby would be sleeping, I entered the room quietly.
69. The woman opened the door and looked outside.
70. The milk will turn sour unless it is drunk at once.
71. When the house had been painted, it looked pretty.
72. Though the girl started her homework early, she wasn't done until late at night.
73. After the cake had been baked, it was eaten quickly.
74. The children looked at the pictures which were taken long ago.
75. Since he didn't know where to turn, the driver asked the policeman for help.
76. Because the children had not worked hard for the test, they were afraid to take it.
77. The trees didn't move in the wind, as if they had been held back by a hand.
78. As the sky was so dark, we expected it to rain soon.
79. After the cat had caught the bird, the cat carried it home.

80. The man will die unless he is given the medicine right away.
81. When the rain was finished, we took a walk.
82. They were ungrateful till they had heard that others had lost everything.
83. Though the girl ate twice as much as anyone else, she didn't gain weight.
84. If the exercises are faithfully performed every day, they will help you to lose weight.
85. Since they didn't wish to be alone, the man and his wife went to visit friends.
86. The teacher corrected the homework which was written the previous night.
87. After the book had been read, it was returned to the library.
88. Because we couldn't see where we were going, we drove very slowly.
89. When they had thrown the ball, they ran to get it again.
90. We left the concert last night and each went his own way home.
91. Since I hoped to be invited to his home, I phoned my friend.
92. As the music was so loud, the people left the room.
93. The father held his child by its leg and swung it around.
94. If the baby is forced to eat, it will vomit.
95. The lady wore the dress which was sewn especially for her.
96. After the tree had been cut down, it was made into a table.
97. Because the woman couldn't buy anything cheap, she went home empty-handed.
98. Since we expected you to be home, we drove over without phoning first.
99. Though the garden was watered every day, it dried up very quickly.
100. I cried and hid my face in my hands.
101. When the children had understood the sentences, they were happy.
102. As I couldn't go to sleep, I went outside and took a walk.
103. Since he expected to be hit, the naughty boy ran away.
104. After the woman had slept for a long time, she felt better.
105. If the English words are practised every day, they will soon be learnt.
106. Because the visitors didn't want to impose, they didn't even ask for a glass of water.
107. Though the pupil had studied very hard, he failed the exam.

Verbinde die Sätze mit einem Partizip.

108. We heard her. She was talking to her husband.
109. I spent my time. I took care of the children.
110. The woman listened to the piano. It was being played by a famous man.
111. The people found the baby. It was sleeping quietly.
112. A dog came. It ran up to its master.
113. The man left me. I was standing at the door.
114. Tina ate her food. Then she left for school.
115. We cleaned up. We sang as we worked.
116. The father opened the door. He saw the mess.
117. The tourists had seen so many churches. They no longer wanted to enter another one.

Übersetze.

118. Meine Mutter hörte, wie ich mit dem Mann sprach.
119. Ich werde meine Haare nächste Woche schneiden lassen.
120. Der Mann ließ sein Auto laufen.
121. Kann der Junge sich verständlich machen?
122. Ich hörte, wie mein Name gerufen wurde.
123. Sie möchte, daß das Zimmer bis heute abend aufgeräumt ist.
124. Ich fühle, wie die Ameisen meine Beine hochkrabbeln.
125. Der Mann ließ seine Schuhe reparieren.
126. Ich will, daß es sofort weggebracht wird.
127. Ich ließ meinen Zahn letzte Woche ziehen.
128. Wir werden unser Auto nächste Woche waschen lassen.
129. Da die Katze mit dem besten Fleisch gefüttert wurde, wollte sie die Reste vom Tisch nicht fressen.
130. Der Junge kam nach Hause, gefolgt von seinen Freunden.

23. The infinitive with and without ''to''

23.1. Der Infinitiv mit ''to'' steht

23.1.1. als **Subjekt**

To go horse-back riding is exciting.

Wenn ein besonderes Ereignis dadurch ausgedrückt werden soll, kommt diese Form. Wenn aber etwas Allgemeines, sich immer Wiederholendes gemeint ist, kommt das ''gerund''.

Going horse-back riding is exciting.

23.1.2. als **direktes Objekt.**

- **Nach den folgenden Verben** kommt nur der Infinitiv, ohne daß ein Substantiv oder Personalpronomen davorgesetzt wird. Manchmal kommt ein Substantiv nach dem Infinitiv.

  afford, agree, aim, appear, arrange, attempt, be bound, begin, care, chance, claim, come, consent, continue, dare, decide, demand, determine, endeavour, fail, forget, guarantee, happen, hesitate, hope, hurry, learn, manage, neglect, offer, plan, pretend, proceed, promise, propose, prove, refuse, remember, resolve, seem, swear, tend, threaton, trouble, try, undertake, volunteer, vow.

  She agreed ***to come***.
  I hope ***to see*** him.
  She dared ***to ride*** his horse.

- **Nach den folgenden Verben** kann auch ein ''gerund'' folgen:

  begin, continue, forget, hate, intend, like, love, mean, prefer, propose, remember, try

  Would you please begin reading.
  Would you please begin ***to read?***

- **Nach den folgenden Verben** folgt manchmal nur der Infinitiv (gelegentlich mit einem Substantiv danach). In dem Fall will das Subjekt die Handlung selbst ausführen. Manchmal aber kommt zuerst das Objekt und dann der Infinitiv (gelegentlich mit einem Sustantiv danach). In dem Fall will das Subjekt die Handlung nicht selbst ausführen; das genannte Objekt führt die Handlung aus.

ask, beg, choose, desire, expect, hate, would hate, help, intend, would like (= enjoy), would love, long for, mean, prefer, prepare, promise, want, wish

> I want ***to read*** a book.
> I want ***to read them*** a book. Ich lese vor.

> I want ***my children*** *to read a book.*
> *I want* ***them*** *to read* a book. Sie lesen selbst.

23.1.3. als **Ergänzung zum direkten Objekt** (object complement)

- **Nach den folgenden Verben** des Befehlens, Bittens, Erwartens, Veranlassens, Wünschens und Zulassens. Das Subjekt des Satzes möchte oder erwartet etwas von dem Objekt. Was er will, möchte oder befiehlt wird hinter dem Objekt mit "to + infinitive" ausgedrückt.

  advise, allow, bribe, cause, command, compel, enable, encourage, entitle, forbid, force, get, hire, implore, induce, instruct, invite, lead, let, oblige, order, permit, persuade, press, remind, request, require, send, shout at, show how, teach, teach how, tell (befehlen), tell how, tempt, trust, urge (zwingen), warn

  > The teacher reminded ***the children*** *to do* their homework.

  Im Deutschen drückt man diesen Gedanken oft durch ein "daß" aus.

  > Ich möchte, daß du dein Zimmer aufräumst.
  > I would like ***you*** *to clean* up your room.

- **Nach den folgenden Verben** folgt ein Objekt. Dann kommt entweder das Verb "to be" oder "to have" als Infinitiv. Die Sätze können manchmal anders — ohne Infinitiv — ausgedrückt werden.

acknowledge, assume, believe, calculate, consider, declare, estimate, find, guess, know, maintain, reckon, see, suppose, take (= presume), think, understand

We consider ***him to be*** a good person.
He is considered to be a good person.

She found ***him to be sleeping.***
She found that he was sleeping.

23.1.4. **statt einer indirekten Frage**. Nach den Fragewörtern:

how, what, when, whether, where, which, who, whom, why

Der Infinitiv kommt in diesem Fall nach den folgenden Verben vor:

ask, decide, discover, find out, forget, know, learn, remember, see (= understand, perceive), show (+ object), teach, tell, think, understand, want to know, wonder.

The girl wondered ***where** to go*.

23.1.5. **statt Relativsätzen**

Der Infinitiv wird häufig gebraucht nach

- **Zahlwörtern**

  the first, the second, the third, . . . the last, the only

  He was the last person who finished the race.
  He was ***the last** to finish* the race.

- **der dritten Steigerungsform der Adjektiv** (superlative)

  the best, the slowest, the fastest, etc.

  We were the slowest of all the people who came home.
  We were ***the slowest** to come* home.

23.1.6. als **Teil einer Adjektivgruppe**

- **Adjektive, die Freude, Unmut oder Überraschung** zeigen. Adjektive, die nach dem Verb ''to be'' oder eines Verbes wie ''appear, become, seem'' kommen, können durch einen Infinitiv erweitert werden. Einige solche Adjektive sind:

amazed, angry, anxious, ashamed, astonished, delighted, disappointed, disgusted, glad, great, happy, horrified, interesting, lucky, overjoyed, pleased, proud, relieved to, sad, shocked, sorry, surprised, upset

I would be ***happy*** *to take* your car.

- **Nach ''It is/was + adjective''**
  z.B. bei den Adjektiven:

  awkward, dangerous, difficult, dreadful, easy, hard, impossible, lovely, nice, possible, stupid

  It is lovely *to see* you again.
  It is lovely for me ***to see*** you again.

- **Nach noun/pronoun + to be + adjective + infinitive**
  Adjektive: siehe die gerade erwähnten Adjektive und noch weitere Adjektive:

  able, anxious, apt, bound, due, inclined, liable, prepared, ready, reluctant, unwilling, willing

  The ***dog is impossible*** *to teach* anything.
  Are you ready *to go*? ***I am ready*** *to go*.

- **Nach ''too; enough''**

  — **too + adjective + infinitive**

  We were ***too*** sad *to talk*.

  — **too + adjective + a + noun + infinitive**

  That was ***too*** heavy ***a*** tree *to move*.

  — **too + adverb +infinitive**

  You walk ***too*** quickly *to follow.*

  — **adjective/adverb + enough + infinitive**

  The boy was big ***enough*** *to write* his name.
  The dog barked loudly ***enough*** ***to be heard*** for miles.

- **Nach ''It + to be + adjective + of + noun/pronoun + infinitive''**
  ''It/that + to be + a/an + adjective + noun + infinitive''
  ''What + a/an + adjective + noun + infinitive''

  Die folgenden Adjektive werden oft so gebraucht:

  amazing, astonishing, bad, brave, careless, clever, cowardly, crazy, funny (= odd), generous, good, honest, kind, mad, nice, odd, pointless, queer, ridiculous, rude, selfish, silly, strange, stupid, wicked, wise

  It was wise ***of*** him *to go* home that early.
  That was a funny way *to talk*.
  What an odd man *to talk* to!

23.1.7. in **speziellen Fällen mit ''for''**

- **Nach ''for + noun/pronoun + infinitive''**

  The best way ***for*** me *to learn* this is to do the sentences.

- **Nach folgenden Redewendungen am Anfang des Satzes:**

  It's better for s.o. to
  It's best for s.o. to
  It's more difficult for s.o. to
  It's most important for s.o. to

  It's more difficult for him *to learn* the words than for her.

- **Nach Verben, die mit ''for'' verbunden werden.**

  verb + for + object + infinitive

  Im Deutschen werden diese Sätze entweder mit einem Substantiv statt Verb oder mit ''daß'' ausgedrückt.

  ask for, look for, wait for

  We are ***waiting for*** my sister *to arrive.*
  Wir warten auf die Ankunft meiner Schwester.
  Wir warten darauf, daß meine Schwester kommt.

- **Nach Adjektiven oder Adverbien, die mit ''enough'' oder ''too'' verbunden sind.**

  enough + for + noun/pronoun + infinitive
  too + adjective + for + noun/pronoun + infinitive

  Did she have ***enough*** food ***for*** you *to eat*?

  The sun is so bright that I can't look at it.
  The sun is ***too*** bright ***for*** me *to look* at.

- **Nach Substantiven am Anfang des Satzes, die mit ''for'' verbunden sind:**

  Here is/are, It is, There is/are, This is

  There are some cookies ***for*** you *to eat*.
  It is not necessary ***for*** him *to phone* us.

23.1.8. **Nach Substantiven oder Pronomen**

- um zu **zeigen, wie sie gebraucht** werden können.

  We have many ***books*** *to read*.

  Oft sind die Verben mit einer Präposition verbunden.

  drink out of, keep in, open with, talk about/to, write on/with

  Here is ***the man*** *to talk to.*

- nach einer Reihe von Substantiven oder Verben + Substantiven, um **Ursache, Folge oder Möglichkeit auszudrücken**, wie z.B.:

  Will we ***have*** enough ***time to see*** our friends?
  It is my ***responsibility*** *to teach* you English.
  You ***have no right*** *to punish* your sister.

  to have the ability to
  You have the ability to learn a great deal.

  to take action to
  You should take immediate action to catch the thieves.

  to follow/take s.o. advice to
  I took his advice to write a letter.

  of age to/to have the right age to
  She is of age to vote.

It is/was s.o. aim to
It was my aim to become a doctor.

to have an/no/the ambition to
He has no ambition to better himself.

to make an/no attempt to
The doctors made an attempt to save his life.

to have the/to give s.o. the/It is in my authority to
The police have the authority to put you in prison.
The man gave me the authority to sign for him.
It is in my authority to punish you.

to have the brains to
You have the brains to learn this quickly.

to have a burden to
Everyone has a burden to carry.

capacity to
The hall had the capacity to seat 200 people.

cause to
You have no cause to worry.

to have/want/ a/no/the chance to
I had the chance to learn Russian.

to have the charm to
She has the charm to make everyone do what she wants.

to give s.o. the/to have the choice to
We gave them the choice to fight or to run away.

to have no/the courage to
Does he have the courage to fight like a man?

to have a craving to
I have a craving to eat chocolate.

day to
This is the day to take the test.

(a great) deal to
We have a great deal to talk about.

to have the decency to
Would you have the decency to close the door while I am dressing?

to make the decision to
Father made the decision to take a new job.

to have a/no/the desire to
I have no desire to meet her again.

to have the determination to
She had the determination to help the poor people.

distance to
It's a long distance to travel with children.

It is/was s.o. dream to
It was her dream to see India.

It is/was s.o. duty to
It's my duty to teach you this.

to make an/no effort to
He made no effort to do his homework nicely.

to give s.o. the encouragement to
We must give her the encouragement to pass her test.

experience to
She had no experience to fall back on.

experiment to
The pupil made an experiment to see if he could solve the problem.

freedom to
Do you have the freedom to do what you want?

It is/was fun to
It was fun to play with the children.

to have the heart to
Did you have the heart to tell him?

It is/was the hour to
It was the hour for the thieves to steal the people's money.

to feel the/to have the inclination to
I have the inclination to lose my temper.

to have/be the/no inducement to
His helping her was still no inducement to work for the test.

instinct to
A cat has the instinct to catch mice.

to have/to give s.o. the instructions to
I was given the instructions to start cooking at 12.

to have the intelligence to
You have the intelligence to go to the university.

It is/was s.o. intention to
It was my intention to phone you.

It is/was in s.o. interest to
It was in his best interest to get a new job.

invitation to
She extended an invitation to visit them.

to have the kindness to
Would you have the kindness to help me?

to beg/get/have/take leave to
May I have leave to go home now?
He got leave to visit his wife in hospital.
She begged leave to visit her sick mother.

to be at/ have/take the liberty to
I hope you don't mind my taking the liberty to phone you.

just a few lines to
Here are just a few lines to thank you.

to find/have the/ It is within s.o. means to
I don't have the means to buy each child a present.
She found the means to get there then.
It is within our means to buy this house.

to have a mind to/to make up one's mind to
I have a mind to tell him what I think.
I made up my mind to go soon.

There is no need to/There isn't any need to
There is no need to get up so early.

to have an/the obligation to
We have the obligation to inform her.

occasion to
This is not the right occasion to talk about that.

to have the/no opportunity to
I had no opportunity to see her.

to give/have permission to
We gave her permission to stay up late.

perseverance to
She had the perseverance to learn the difficult language.

to form the plan/to make plans to
We made plans to visit her.

to be in a/no position to
I am in no position to scold her.

to have no possibility to
I had no possibility to visit her.

privacy to
Do you have the privacy to meditate?

It is/was s.o. privilege to
It's father's privilege to get up late.

question to
Do you have a question to ask him?

to have a race to
The children had a race to see who was the fastest.

to have a/no/ to see a/no/ There is a/no reason to
I have no reason to feel sad.
She can see no good reason to call him.
There is no reason to get up early tomorrow.

It is/was s.o. responsibility to
It was father's responsibility to earn money.

to have no/the right to
We have the right to say what we want to.

There is/was/will be a scramble to
There will be a scramble to get the best seats.

This is the season to
This is the season to buy strawberries.

It is/was a shock to
It was a shock to hear that your child is in hospital.

a sight to
That was a sight to soothe my eyes.

to have the/no strength to
We in ourselves have no strength to handle such hard problems.

to need s.o. support to
We need God's support to have such strength.

to make/take a survey to
The city officials are making a survey to find out what we think.

to have the technology to
The Western countries have the technology to overcome disease.

to make a test to
We made a test to see if your idea was correct.

It is/was a thrill to
It was a thrill to hear her play the piano so well.

to have/make/take/ It is/was time to
We have time to visit you on Monday.
I'll make the time to come and see you.
It is time to go home now.

to know/play a trick to
She knew a trick to make the people laugh.

to take the trouble to
Would you take the trouble to listen to us?

to take it in s.o. turn to/ It is/was s.o. turn to
He took it in his turn to wash the dishes.
It was my turn to clean up.

to have an/the urge to
I have the urge to phone my mother.

to make a wager to
They made a wager to see who could run the fastest.

That is the/no way to/ It's a long way to/s.o. has a long way to
That is no way to to treat your mother.
It's a long way to walk.
Tom has a long way to go before he gets home.

to have the willpower to
She had the willpower to study hard.

to have no/the wish to
I had no wish to fight with him.

years
He has enough to do for years to come.

23.1.9. bei der Passivform

Die Passivform wird immer mit ''to'' gebildet.

We saw the man cross the street. (Aktiv — ohne to)
The man was seen ***to cross*** the street. (Passiv — mit to)

23.1.10. Nach den folgenden Verben oft in der -ing-Form:

appear, happen, hope, manage, plan, pretend, seem

The girl ***pretended to be sleeping*** when we entered her room.

23.2. Die Zeiten in der Infinitiv

23.2.1. Present Infinitive

Die Handlung geschieht zur gleichen Zeit wie die Handlung im Hauptverb.

I ***planned*** *to write* the letter ***while*** we ***were*** on vacation.

23.2.2. Perfect Infinitive

Die Handlung geschah vor der Handlung, die mit dem Hauptverb ausgedrückt wird.

I ***planned*** *to have written* the letter ***before*** we ***left*** home.

23.3. Übersicht

	active	*passive*
present	to take	to be taken
perfect	to have taken	to have been taken

23.4. Beide Formen (mit und ohne ''to'') sind geläufig bei dem Verb ''help''.

She ***helped*** me *to carry* the table.
She ***helped*** me *carry* the table.

23.5. **Der Infinitiv ohne ''to''** als

Ergänzung zum direkten Objekt.

Ein Infinitiv ohne ''to'' steht

23.5.1. **Nach Verben der Sinneswahrnehmung.**

Der Infinitiv nach den ''direct object'' hat kein ''to''.

feel, hear, listen to, look at, notice, observe, overhear, see, watch

- **Verb + object + infinitive**

We saw her ***go*** into the water.

Wenn man den Infinitiv (ohne ''to'') gebraucht, zeigt es, daß man den ganzen Vorgang gemerkt und verfolgt hat. Das gesamte Ergebnis steht fest.

- **Verb + object + present participle**

We saw her ***going*** into the water.

Wenn man das Präsenspartizip gebraucht, zeigt es, daß man einen Teil der Handlung gesehen hat. Man bemerkte die Handlung, die gerade geschah. Ob die Handlung beendet ist, wird nicht gesagt.

23.5.2. **Nach den folgenden Verben.**

Der Infinitiv nach dem ''direct object'' hat kein ''to''.

bid, have, let (zulassen), make (veranlassen)

When we saw how tired she was, we ***made*** her ***go*** to bed at once.
We ***let*** her ***use*** our car.
She was ***let*** *go*.

23.5.3. **Nach den folgenden Ausdrücken:**

cannot but, had better, rather than, sooner than, would rather, would sooner

You ***had better wash*** your hands before you eat.
Rather than see you waste your money, I'll spend it for you.

23.5.4. **Nach den folgenden Hilfsverben:**

can, could, dare, do, does, may, might, must, need, shall, should, will, would

I ***dared*** not *talk* too loudly.

23. The infinitive with and without ''to''

Setze die richtige Form (mit oder ohne ''to'') in den Satz.

1. We saw her (go) into the shop.
2. I asked him (help) me.
3. Did you remember (tell) her the story?
4. We will expect you (be) home on time.
5. He plans (leave) on vacation soon.
6. She listened to them (tell) us how to drive.
7. The captain commanded the beggar (get) off his boat.
8. He invited us (go) home with him.
9. How did you manage (get) the children ready so soon?
10. I don't like (wear) that dress.
11. You dare not (go) near the water.
12. She agreed (let) me go.
13. We happened (be) passing through.
14. I ordered them (return) at four.
15. He made me (jump) over the chair.
16. I hope (see) them soon.
17. The baby appears (want) you near him.
18. Has he ever offered (help) you?
19. We could not (come) yesterday.
20. Did he hesitate (open) the door?
21. I aim (leave) soon.
22. We urged them (walk) quickly.
23. I let her (wear) my coat.
24. She showed me how (bake) that cake.
25. I failed (pass) the test.
26. You need not (go) so early.
27. We helped them (load) the car.
28. He swore (stop) smoking.
29. They forbad him (tell) me the answer.
30. I'd advise you (go) to bed.
31. He continued (read) his book.
32. They bid me (leave) the shop.
33. Do you promise not (tell) anybody?
34. He neglected (do) his homework.
35. I can't afford (take) you along.
36. We heard the clock (strike) noon.
37. This will entitle you (enter) without paying.
38. The dog caused me (be) late.
39. Who permitted them (come) in?
40. She'll let you (use) her books.

41. It threatoned (rain) at any moment.
42. Children only learned (read) and (write) earlier.
43. The teacher encouraged the boy (go on) reading.
44. We noticed the thief (take) a watch.
45. He really tried (remind) me.
46. I've begun (understand) English now.
47. He'll tell me how (open) the camera.
48. They made me (work) until dark.
49. Did you persuade the old man (go) to the doctor?
50. I'd love (go) along!
51. We implored him (stop) smoking.
52. It proved (be) too much for us.
53. I reminded him (go) to the post-office.
54. He need not (write) his name in his books.
55. Would you care (see) Bonn today?
56. We want (help) you.
57. I refuse (do) the washing up.
58. He demanded (know) what was happening.
59. Did the man wish (come) today?
60. We'll make her (go) to the doctor this afternoon.
61. He made her (eat) that food.
62. They hurried (catch) the bus.
63. I have resolved (write) my mother once a week.
64. We felt the wind (blow) our hair.
65. The boy proceeded (do) what he wanted.
66. The plan will seem (be) absurd to you.
67. I dare not (tell) my father.
68. Did Dick forget (come) yesterday?
69. Did you see Tom (put) on his coat?
70. When did you decide (go) on vacation?
71. She had better (come) home quickly.
72. He'd tempt them (swim) far out.
73. We'll have to force them (open) the door.
74. I intend (marry) Betty.
75. We have tended (be) rather easy on you.
76. Rather than (drink) beer, we drank nothing.
77. Has she volunteered (work) in the hospital?
78. Did your father teach you how (write) your name?
79. He shouted at me (hurry) up.
80. I was always warned (wear) my boots when it rained.
81. Have they always trusted you (be) on time?
82. The teacher shouted at the children (be) quiet.
83. I would rather (eat) outside, if you please.
84. The money will enable you (get) home.

85. My cold compelled me (stay) in bed.
86. I don't think you'll get her (come).
87. You had better (pay) attention.
88. The little girl's parents instructed her not (drink) any alcohol.
89. The little boy endeavoured (swim) across the lake.
90. Did the woman consent (marry) you?
91. She would sooner (do) it herself than let me (do) it.
92. I was determined (pass) the difficult test.

Ändere die Sätze in ,,infinitive with to'' Sätze um.

93. I showed him how he should write his name.
94. The teachers decided where they could have their picnic.
95. We were pleased when we heard that you were coming.
96. I bet she'd be surprised if she got a letter!
97. How often have we told you that you shouldn't say that word?
98. Did he understand how he could get to Bonn?
99. Did they tell you when you should come?
100. We didn't remember whether we should come today or tomorrow.
101. We had hoped that we could have left early.
102. Did the children know where they could buy pancakes?
103. Has he remembered what he should ask them?
104. We forgot which road we had to take.
105. Has the new mother found out when she has to bathe the baby?
106. Did the boy forget how he had to unlock the door?
107. Has the girl understood why it is important that she should brush her teeth?
108. Did you decide whom you should tell the story?
109. We were sorry when we heard that you had been ill.
110. I'd be glad if I could shake his hand.
111. Has the man discovered what he should take home?
112. Did they ask where they should meet us?
113. Do the children know which man they could ask for help if they are lost?
114. I would be delighted if I could go with you!
115. He was surprised when he saw his son driving a car.
116. They must have decided whether they should eat now or later.
117. I found out whom I could ask for money.
118. Did you ask if you could take John with you?
119. How did you know whether you could speak or should stay silent?
120. We would be delighted if we might visit them.
121. Did your teacher tell you which words you had to learn?
122. I wonder when I could phone her.
123. They showed us whom we should help.
124. She didn't know where she could turn for help.
125. Has the man thought of what he could give his wife for her birthday?

126. The last person who is outside is a donkey.
127. She supposed that he was sleeping.
128. We found that it was very difficult to do.
129. The only person who finished the race was a big boy.
130. Did you estimate that it would cost too much?
131. We considered that matter was finished.

Übersetze.

132. Es war schwierig für mich, einen Brief auf deutsch zu schreiben.
133. Bist du vorbereitet, die Prüfung zu machen?
134. Ich erwarte, daß er lieb ist.
135. Die Leute würden es hassen, wenn du spät wärst.
136. Versprichst du mir, daß du mir morgen hilfst?
137. Er wäre froh, dein Bild zu haben.
138. Wir möchten, daß du bald wieder kommst.
139. Du brauchst morgen nicht dorthin zu gehen.
140. Ich möchte, daß mein Sohn Arzt wird.
141. Der Mann bat mich darum, ihm zu helfen.
142. Ich würde gern mit dir gehen.
143. Würdest du es vorziehen, Wein zu trinken?
144. Die Frau fragte, ob sie mit dir sprechen könnte.
145. Er sucht nach einer Möglichkeit, dorthin zu kommen.
146. Es scheint, als ob du so schnell erwachsen wirst!
147. Ich flehe dich an, mir zu helfen.
148. Wärest du überrascht, wenn du sie hier treffen würdest?
149. Wir warten, bis der Regen aufhört.
150. Er hat es vorgezogen mitzugehen.

24. Adverbial clauses

Hiermit werden zwei Sätze miteinander verbunden. Der Nebensatz (subclause), der mit einer Konjunktion anfängt, liefert dem Hauptsatz (main clause) zusätzliche Information. Diese Informationen können folgender Art sein.

24.1. **Folge** (result)

Der Nebensatz erzählt das Resultat des Hauptsatzes.

so . . . that

Nach ''so'' kommt ein Adjektiv oder Adverb. Kein Substantiv darf auftreten. Manchmal erscheint ''much'', ''many'' oder ''few''.

I was ***so*** good at spelling ***that*** I won a prize.
The children had ***so many*** toys ***that*** they didn't know what to play with.
The girl always talked ***so*** quietly ***that*** nobody could hear her.

such (a) . . . that

Nach ''such (a)'' kommt ein Adjektiv + Substantiv.

She had ***such a*** bad cold ***that*** she had to stay in bed.
It was ***such*** cold weather ***that*** we had to wear coats.

24.2. **Zweck** (purpose)

Der Nebensatz erklärt den Zweck oder Absicht der Handlung, die im Hauptsatz beschrieben wird.

so that + will/can/should + inf.	(present, future, present perfect)
so that + would/could + inf.	(past)

You have to take an umbrella ***so that*** you won't get wet.
The boy got up early ***so that*** he could get to school on time.

24.3. **Zugeständnis, Einräumung** (concession)

Ein Gegensatz wird zwischen dem Haupt- und dem Nebensatz ausgedrückt. Der Hauptgedanke ist im Hauptsatz.

although though

Although I was ill, I went to work.

24.4. **Ursache** (reason)

Der Grund der Handlung, die im Hauptsatz beschrieben wird, wird bekanntgegeben.

as because since

The boy went to bed ***because*** he was tired.

24.5. **Zeit** (time)

Das zeitliche Verhältnis zwischen dem Haupt- und dem Nebensatz wird beschrieben. Mehr Information über den Hauptsatz wird gegeben. Die folgenden Zeitkombinationen sind häufig:

after	past perf.(NS)-past (HS)
as soon as	past-past; pres-pres.; pres.(NS)-fut.(HS)
before	past(NS)-past perf(HS)
since	past(NS)-pres. perf.(ing)(HS); past(NS)-pres.perf.(HS)
until/till	past-past; past(NS)-past perf(HS); fut.(HS)-pres.(NS)
when	pres.-pres; past-past; past pert (NS)-past(HS
whenever	pres.-pres.; past-past
while	past (HS)-past(ing)(NS); pres(HS)-pres(ing)(NS) past(ing)-past(ing); pres(ing)-pres(ing); pastpast

After the burglar had taken many things, he left the house.

24.6. **Bedingung** (conditional clauses = if-clauses)
Siehe Kapital über Bedingungssätze.

if

If I go to bed now, I won't be tired tomorrow.

24.7. **Ort** (place)

where wherever

I'll go ***wherever*** you go.

24. Adverbial Clauses

Kombiniere die Sätze, indem du das richtige Verbindungswort aussuchst und gebrauchst. Die Zeit in den Satzteilen darf nicht umgeändert werden. Die Satzteile dürfen nicht umgetauscht werden.

purpose, time, concession, condition

1. Carl turned the radio off. We couldn't hear music.
2. Carl had turned the radio off. We couldn't hear music.
3. Tom had eaten ten pieces of cake. His stomach hurt.
4. Father was very busy. He helped us anyway.
5. We'll save our money. We can buy new records.
6. I had gone to school earlier. I would have seen Jim.
7. They were going to help mother. She would be finished more quickly.
8. Dan was not nice. He was bad.
9. We'll wait at the corner. You come.
10. The baby climbed onto a chair. It could get the chocolate.
11. The baby had climbed onto the chair. It could get the chocolate.
12. The tree died. We had watered the tree.
13. We should go to bed now. We can get up early tomorrow.
14. She had 20,- DM. She would buy a new blouse.
15. You bought paper. You can write letters.

reason, time, concession, condition

16. Mother bought a dishwasher. We needn't wash the dishes.
17. Daniel moved to Bonn. He has met many boys.
18. The food smelled bad. The women ate the food.
19. It was raining. We stayed home.
20. We were very tired. We went to bed.
21. He went to school. He would get a good job.
22. Susan ran to the bus stop. She couldn't see the bus.
23. Susan got a "2". She received 2,- DM.
24. Mother was cooking. Father was reading the newspaper.
25. Harry wanted to write letters. He bought paper.
26. Linda liked the colour red. She bought two red dresses.

result, time, condition, concession

27. Jim was so good at sports. He won a medal.
28. We come to town. We visit our friends.
29. Linda was so pretty. She became "Miss World."
30. We helped him. He got a "6."
31. Tom made so few mistakes in his tests. He always got a "1."

32. Linda has seen us twice. Linda moved to Bonn.
33. I have learnt English for such a long time. I must speak it well.
34. Dick was such a nice person. Everyone liked him.
35. There were so many people at the cinema. We had to stand.

Die Satzteile dürfen nicht umgetauscht werden. Jedes Wort wird einmal gebraucht. Die Zeitformen des Verbes dürfen auch bei ''after'' nicht umgewandelt werden.

Verbinde mit ''although, because, since, until, while''

36. Dan liked cars. He bought a new Ford.
37. We were talking on the phone. The door bell rang.
38. Tom wanted a new car. He didn't buy one.
39. White knocked the bar down. Lee was left.
40. Dick bought a Ford. He had driven a VW.

Verbinde mit ''after, if, so ... that, such a ... that, whenever''

41. Don was a stupid person. He didn't know his own name.
42. Ben helped his mother. She would be happy.
43. We see our friends. We shake hands.
44. Linda had got the bad test back. She cried.
45. Tom is tall. He can touch the sky.

Verbinde mit ''before, since (seitdem), so that, so ... that, when''

46. He talked very loudly. We should hear him.
47. Tom talked to me yesterday. I have been very happy.
48. You could take the bus. You had to get out of bed.
49. Father had a cold. He stayed home.
50. Bess has written many letters. Her hand hurts.

Verbinde mit ''after, if, since (seitdem), so that, though''

51. I wonder how much time has passed. We started to take this test.
52. I read the book. I should be allowed to go swimming.
53. They had finished reading the book. They would have gone swimming.
54. She hadn't started to read the book. She went swimming.
55. We had read the book. We went swimming.

Verbinde mit ''because, when''

56. It gets dark. We go home.
57. He ate too much. He is sick.
58. We closed the book. It was open.
59. The desks are dirty. We clean them.

60. Helen left the room. The door banged.
61. He was happy. He got a "1."
62. It was dark. It was raining.
63. The music started to play. Robert turned the radio on.
64. He cried. He had lost his car.
65. He reached home. He was hungry.

Verbinde mit "if, though."

66. He failed. He tried hard.
67. You are good. You will get a new pair of shoes.
68. You walk quickly. You will not be late.
69. You walk quickly. You will be late.
70. You want to grow tall. You must eat your food.
71. You want to go home. You must stay here.
72. My room is dirty. It was cleaned yesterday.
73. He wants to go to the university. He must study hard.
74. I would ask a policeman. I got lost in London.
75. He got lost. He had a map of the city.
76. Mother went to the grocer's. She would buy peas.

Verbinde mit "because, if, though, when"

77. She was happy. She got a "6."
78. We go home now. We can eat.
79. It strikes 8. We can leave.
80. You are ill. You were in the cold rain too long.
81. He is a teacher. He acts like a child.
82. The girl cried. She had lost her doll.
83. You are good. You will get an ice-cream cone.
84. The film was over. We went home.
85. They all go. We will also go.
86. The car stopped suddenly. A person stepped in front of it.
87. I met the film star. I would ask for an autograph.
88. You did your lessons. You would know more words.
89. She tried very hard. She failed.
90. She has tried very hard this time. She failed last time.
91. He works hard. He can get a "1."
92. They had worked hard. They got a "1."
93. Some people had got in. The doors closed.

Kombiniere mit passenden Verbindungswörtern.

94. The girls didn't study. They failed the test yesterday.
95. I was three years old. I couldn't talk.

96. He ran quickly. He should catch the tram.
97. The lady was standing. I stood up.
98. She looked like 16. She was only 13.
99. The boy saw the mouse. He began to scream.
100. The student was very (so) tired. She fell asleep while standing up.
101. It was dark. We lit candles.
102. It was dark. We still didn't get lost.
103. It was dark. We lit candles. The children should not be afraid.
104. I turned off the radio. I could hear what Father was saying.
105. They were very tired. They went to bed.
106. It was raining. The children went out to play.
107. We went swimming. It was so hot.
108. He bought records. He had little money.
109. I heard the phone ring. I was reading a book.
110. I went to the phone. I had heard it ring.
111. He got a bad grade. He had worked very hard.
112. I have no dress to wear. I can't go dancing.
113. We bought a dishwasher. We don't have to wash the dishes.
114. Mother was preparing the food. The children were playing outside.
115. It was cold. The children couldn't go outside. (so)
116. It was rainy. We had a lot of fun.
117. All the girls worked hard. They should be the best.
118. She is smiling all over. It is her birthday today.
119. The girl spoke in such a low voice. She had to repeat the questions.
120. They installed a new traffic light. A lot of accidents would be avoided.

Setze das richtige Verbindungswort ein.

121. ______ I came to school this morning, I got up.
122. He kept on walking ______ he reached home and could go to bed.
123. She cooked dinner ______ we did our homework so that we could eat as soon as we were finished.
124. ______ he had drunk ten glasses of water, he was no longer thirsty.
125. I wonder how much time has passed ______ we started school this morning.

25. Adverb — Adverbials

25.1. Adverbs/Adverbials sind Wörter (Umstandswörter) oder Wortgruppen (Umstandsbestimmung, adverbiale Bestimmung), die ein Verb, Adjektiv, ein anderes Adverb oder einen Satz näher beschreiben, indem sie zusätzliche Information über Zeit, Ort, Art und Weise, Häufigkeit, Ursache, usw. liefern.

25.2. Adverbials können folgender Natur sein:

25.2.1. Umstandswörter
aus einem Wort bestehen (adverbs)

quickly, here, tomorrow, etc.

25.2.2. Umstandsbestimmung = adverbiale Bestimmung
aus mehreren Wörtern bestehen

- nominals groups
  mit einem Substantiv verbunden

  last year

- prepositional phrases = adverbial phrases
  eine Präposition-Substantiv-Verbindung

  at night, in the house, at the moment

- adverbial clauses = subclauses. Nebensätze
  Zwei Sätze werden miteinander verbunden, um mehr Information zu liefern.

  although he ran quickly
  because they helped her
  whenever he came home

Es gibt adverbial clauses of concession (though, although), of purpose (so that), of reason (because, as, since. Sie beantworten die Frage ''why''), of result (so — that, such a — that), of place, of time, conditional clauses (if).

Diese Sorte Adverbien werden in Kapitel 24 behandelt.

25.3. Zusätzlich zu den Adverbien in Kapitel 17 gibt es folgende Sorten:

25.3.1. **Adverbs of degree** (Gradadverbien = Grad/Ausmaß).

Sie stehen direkt vor dem Wort, das sie näher beschreiben und beantworten die Frage ''how much''.

a bit, absolutely, a good deal, a great deal, a little, all but, a lot, almost, apparently, as good as, at all, badly, barely, by far, certainly, clearly, completely, considerably, deeply, definitely, enough, entirely, especially, even, evidently, extremely, fairly, for certain, for sure, greatly, hardly, indeed, in part, in the least, just, kind of, little, much, nearly, obviously, only, particularly, partly, perfectly, perhaps, possibly, presumably, pretty, quite, rather, really, scarcely, simply, so, sort of, such a, surely, terribly, thoroughly, too, totally, undoubtedly, utterly, very, very much, well, wholly

- Wenn sie ein **Adjektiv oder ein anderes Adverb beschreiben,** werden sie davorgesetzt.

  She is *extremely* ***beautiful***.
  He *almost* ***never*** comes.

- **enough** wird nach dem Adjektiv oder Adverb, das es beschreibt, gesetzt.

  Did we come ***quickly*** *enough*?

- Adverbien, die sich **auf Verben beziehen**, werden vor das Hauptverb bzw. hinter das erste Hilfsverb gesetzt.

  I *almost* ***won*** that game.
  He ***had*** *scarcely* ***spoken*** a word before she came.

- ''**just**'' soll am besten vor das Wort gesetzt werden, das es beschreibt.

  I have seen *just* ***one*** monkey so far.

- ''**only**'' kann sich auch auf Verben beziehen.

  The child *only* ***wants*** to be near you.

Dieses Adverb soll vor/neben das Wort gesetzt werden, worauf es sich bezieht. Sonst kann leicht eine andere Bedeutung entstehen.

Only our child played with the ball.
(sonst kein Kind)

Our ***only*** child played with the ball.
(Wir haben sonst kein Kind.)

Our child ***only*** played with the ball.
(Es hat nichts Falsches getan — bloß gespielt.)

Our child played ***only*** with the ball.
(mit keinem anderen Gegenstand.)

25.3.2. **Focusing adverbs** (hervorhebende Adverbien)
Sie heben ein Wort oder Wortgruppe hervor.

alone, also, as well, at least, chiefly, either, especially, even, exactly, exclusively, mainly, merely, mostly, neither, nor, only, particularly, too

25.3.3. **Adverb of viewpoint and comment**
(Adverbien des Standpunktes und Kommentars)

Sie beziehen sich auf einen ganzen Satz und geben eine Beurteilung über eine Aussage ab. Der Standpunkt des Sprechers (ob etwas richtig oder falsch, etc ist) wird bekanntgegeben.

apparently, as a matter of fact, bluntly, briefly, certainly, correctly, evidently, fortunately, frankly, honestly, hopefully, in brief, in general terms, in short, justly, morally, naturally, obviously, of course, perhaps, personally, politically, possibly, presumably, probably, psychologically, reportedly, rightly, strangely, surely, technically, typically, understandably, undoubtedly, unluckily, -wise, wrongly

25.3.4. **Linking adverbs**
(Verknüpfende Adverbien = conjunctive adverbs)

Sie verbinden zwei Sätze mit einer logischen Beziehung.

above all, accordingly, additionally, after all, again, all in all, all the same, also, altogether, anyhow, anyway, at any rate, besides, consequently, equally, finally, first of all, first(ly), for example, furthermore, hence, however, in addition, in comparison, in conclusion, in contrast, indeed, in fact, in other words, in short, in sum, in that case, in the same way, last, likewise, moreover, namely, nevertheless, next, otherwise, on the contrary, on the one hand, on the other hand, or rather, second(ly), similarly, so, still, that is, then, therefore, though, thus, yet

25.4. Einige Adverbien haben die gleiche Form (keine Endung) wie die Adjektive, aus denen sie gebildet werden. Andere haben die „-ly"-Endung.

25.4.1. Die folgenden **Adverbien** werden genau **wie deren Adjektive geschrieben**. Die **Bedeutung** ist ebenfalls **gleich**.

daily, deep, early, easy, extra, fair, far, fast, fine, free, fresh, hard, high, hourly, last, late, little, long, low, monthly, near, pretty, right, short, straight, tight, weekly, wide, yearly

adj.: We were the ***last*** people to come.
adv.: We came ***last***.

adj.: The ***little*** water we'd had was gone. = wenig
adv.: The boy worked very ***little.*** = wenig

25.4.2. Die folgenden **Adverbien** haben **die gleiche Form wie die Adjektive**, aus denen sie gebildet werden. Aber die **Bedeutung** ist **verschieden**.

clean		
adj.	rein	That's a ***clean*** room.
adv.	gänzlich	He's ***clean*** forgotten it.
even		
adj.	glatt, flach, gerade	The ground was ***even***.
adv.	noch	She's ***even*** nicer than we'd heard.
ill		
adj.	krank	Linda was ***ill***.
adv.	schlecht	I can ***ill*** afford to get another "6".
just		
adj.	gerecht	That's her ***just*** punishment
adv.	gerade	Father's ***just*** come home.
only		
adj.	einzig	He's our ***only*** child.
adv.	nur, erst	We'll ***only*** go if you go. We'll go ***only*** if you go.

pretty		
adj.	hübsch	The girl is ***pretty***.
adv.	ziemlich	We were in a ***pretty*** bad situation.
right		
adj.	recht haben	Linda was ***right*** yesterday.
adv.	gerade, sofort	I'll come ***right*** away.
sharp		
adj.	scharf	The knife was ***sharp***.
adv.	punkt	Be here at four ***sharp***.
still		
adj.	ruhig, still	The girl was ***still***.
adv.	immer noch	Are you ***still*** doing your homework?
very		
adj.	rein, richtig, wirklich	You must tell the ***very*** truth.
adv.	sehr	You have a ***very*** good idea.
well		
adj.	gesund, wohl	She was ***well*** again.
adv.	gut	You did that very ***well***.

25.4.3. Die folgenden Adverbien können **mit oder ohne "-ly"** geschrieben werden.

- **Beide Formen haben die gleiche oder eine ähnliche Bedeutung wie das Adjektiv:**

  cheap, dead, dear, deep, direct, easy, full, high, loud, new, quick, right, safe, slow, sound, thick, tight, wrong

  adj. There was a *loud* noise.
  adv. That woman talked so *loud*.
  adv. The children shouted *loudly*.

- **Das Adjektiv und die "-ly" Form des Adverbs haben die gleiche Bedeutung. Das Adverb ohne Endung hat die gleiche Form, wie das Adjektiv aber eine andere Bedeutung.**

adj./adv. mit "-ly"	**Adv. ohne Endung**
just/justly = gerecht	just = gerade
pretty/prettily = hübsch	pretty =recht/ziemlich

just

adj.	gerecht	She came to get her ***just*** reward.
adv.	gerecht, mit Recht	The boy was ***justly*** spanked.
adv.	gerade	It has ***just*** turned nine.

pretty

adj.	hübsch	That's a ***pretty*** dress.
adv.	hübsch	The girl was dressed up ***prettily***.
adv.	ziemlich	You did that ***pretty*** well.

- **Das Adjektiv und das Adverb ohne Endung haben die gleiche Bedeutung. Das Adverb mit der "-ly" Endung hat eine andere Bedeutung.**

adj./adv. ohne Endung	**adv. mit -ly**
close = eng, nah	closely = genau, scharf
deep = tief	deeply = sehr (emotionell)
fair = anständig, ehrlich, schön	fairly = recht, ziemlich
hard = schwer	hardly = kaum
high = hoch, laut	highly = sehr empfehlend, höchst lobend
late = spät	lately = kürzlich, neulich
low = niedrig	lowly (humble) = bescheiden
near = nah	early (almost)= beinahe, fast

close

adj.	eng, nah	That woman is a ***close*** friend.
adv.	eng, nah	We wanted to be ***close*** to him.
adv.	genau, scharf	The thief was ***closely*** followed.

deep

adj.	tief	We saw a ***deep*** hole.
adv.	tief	You'll have to dig very ***deep***.
adv.	sehr	They are ***deeply*** in love.

fair

adj.	anständig	That was a ***fair*** game.
adv.	anständig	You'd better play ***fair***.
adv.	ziemlich	Father is ***fairly*** certain that he saw Mother.

hard		
	adj. schwer	Father has a ***hard*** job.
	adv. schwer	We had to work very ***hard***.
	adv. kaum	We were ***hardly*** able to see him.
high		
	adj. hoch	I stood on a ***high*** ladder.
	adv. hoch	The bird was flying quickly and ***high***.
	adv. sehr lobend	They spoke very ***highly*** of her.
late		
	adj. spät	He gave us a ***late*** date.
	adv. spät	We got home very ***late***.
	adv. neulich	***Lately*** I've had a funny feeling.
low		
	adj. niedrig	The baby sat on a ***low*** chair.
	adv. niedrig	The bird flew slowly and ***low*** near the earth.
	adv. bescheiden	Jesus was born in a ***lowly*** stable.
near		
	adj. nahe	Linda is a ***near*** relative.
	adv. nahe	The man was standing very ***near*** to us.
	adv. fast beinahe	It's ***nearly*** time to go home now.

25.5. Die folgenden Adverbien weisen Unregelmäßigkeiten in der Bildung auf:

due-duly, dull-dully, full-fully, true-truly, whole-wholly

25.6. **Steigerung der Adverbien**

25.6.1. Germanisch gesteigert werden einsilbigen Adverbien + early.
--, -er, -est

early, fast, hard, late, often, soon

soon — sooner — soonest
early — earlier — earliest

25.6.2. Romanisch gesteigert werden
---, more --, most --

- Adverbien, die mit "-ly" enden. Sie haben alle zwei oder mehr Silben.

  carefully — more carefully — most carefully

- alle Partizipien

  interesting — more interesting — most interesting
  delighted — more delighted — most delighted

25.6.3. Die Adjektive, die **unregelmäßig gesteigert** werden, bleiben auch als Adverbien unregelmäßig.

far	— farther	— farthest
far	— further	— furthest
ill/badly	— worse	— worst
little	— less	— least
much	— more	— most
well	— better	— best

Absichtssatz → siehe purpose, clauses of

A.c.I.
Akkusativ mit Infinitiv
Nach dem Verb kommt ein Objekt und danach eine Infinitivkonstruktion.
She has the ***desire to go*** with you.

accusative case Wenfall Akkusativ
Die Antwort auf die Frage "wen" oder "was" steht im Akkusativ.
I saw ***the man***. Ich sah ***den Mann***. Wen sah ich? den Mann

active voice Aktiv Tätigkeitsformen Tatform
Aktionform des Verbes
Ein Subjekt führt eine Handlung aus = macht etwas.
The man ***writes*** two words.

adjective Adjektiv Eigenschaftswort
Ein Wort beschreibt oder begrenzt ein Substantiv oder Pronomen näher.
We see a ***big*** table.

adverb Adverb Umstandswort
Ein Wort beschreibt ein Verb, Adjektiv oder ein anderes Adverb näher.
The child ***shouts*** *loudly.*
The *extremely* ***beautiful*** girl was sleeping.
The man ran *extremely* ***quickly***.

adverbial adverbiale Bestimmung Adverbien Umstandsbestimmung
Ein Wort (adverb) oder mehrere Wörter (adverbial phrases) beantworten die Fragen: when (wann, Zeit, time), where (wo,Ort, place), how (wie, Art und Weise, manner), how often, (wie oft, Häufigkeit, frequency).
I wrote two letters *yesterday.*
We drove him *to school.*

Adverbial clauses adverbialer Nebensatz Adverbialsatz Umstandssatz
Ein Nebensatz gibt dem Hauptsatz umfangreiche Informationen über Folge (result), Zweck (purpose), Einräumung (concession), Grund und Ursache (reason), Zeit (time), Bedingung (condition), oder Ort (place — Lokalsätze) einer Handlung.
Although I was tired, I studied for the test.
While I was doing my homework, my brother was playing.

adverbial phrase Adverbialbestimmung, Umstandsbestimmung
Eine Gruppe von zwei oder mehreren Wörtern (nicht aber eine Subjekt-Verb-Verbindung), die einem Satz mehr Information über wann (when), wo (where), wie (how), wie oft (how often) gibt.
adverbial of time adverbiale Bestimmung der Zeit
We will see you *in September.*
adverbial of place adverbiale Bestimmung des Ortes
My boy is *at school*.

Adverbialsatz des Ortes → siehe place

aktiv → siehe active voice

angehängte Fragen → siehe question tags

article Artikel Geschlechtswort
bestimmt definite = ***the***
Bestimmte Artikel weisen auf bekannte Substantive hin. Sie heben einzelne Personen/Sachen aus einer Gruppe heraus.
the dog

unbestimmt indefinite = a/***an***
Unbestimmte Artikel bezeichnen noch nicht bekannte Wörter.
an apple, a book

Art und Weise adverbiale Bestimmung der → siehe adverbial

attribute Attribut Beifügung
Ein Adjektiv steht vor einem Substantiv, um es näher zu beschreiben.
She is a ***good*** girl.

auxiliary Hilfsverb Modalverben unvollständige Hilfsverben
Ein Verb, das nicht alleine stehen kann, sondern nur mit einem Hauptverb vollständig ist. Es hilft die Zeiten zu bestimmen.
The man ***can go*** home.

Bedingungssätze → siehe conditional clause

Beifügung → siehe attribute

besitzanzeigendes Fürwort → siehe possessive pronoun

betonendes Fürwort → siehe intensive pronoun

bezügliches Fürwort → siehe relative pronoun

causal → siehe reason

concession concessive clauses Einräumungssatz Konzessivsatz
Konzessivbestimmung Zugeständnis
Ein Gegensatz wird zwischen den Aussagen in dem Hauptsatz und dem Nebensatz ausgedrückt.
Although she loved the man, she didn't marry him.

conditional   Bedingungsform   Konditional
Das "conditional" sagt, was passieren würde/könnte, wenn eine Bedingung oder Voraussetzung erfüllt oder nicht erfüllt wäre.
he would have come; he would phone; he couldn't have heard you

conditional clause   adverbiale Bestimmung der Bedingung
Bedingungssatz   Konditionalbestimmung   Zugeständnis   Konditionalsatz
Der Nebensatz enthält eine Bedingung
If I come to Germany, I'll visit you.

continuous form → siehe progressive form

dative → siehe indirect object

Dingwort → siehe noun

direct object   Akkusativobjekt   direktes Objekt
Die Antwort auf die Frage "wen" oder "was" ist ein "direct object" und steht in dem Akkusativ. Das ist das Ziel einer Handlung.
The man hit ***the ball***.

direkte Rede → siehe direct speech

direct speech   direkte Rede   wörtliche Rede
Dieselben Worte, die gesprochen wurden, werden exakt wiedergegeben.
He said, "***I love you.***"

Eigenschaftswort → siehe adjective

Einräumungssätze → siehe concession

Finalbestimmung → siehe purpose

Folge → siehe result

frequency, adverb of   Häufigkeitsadverb
Ein Adverb besagt wie oft etwas passiert.
We have ***seldom*** been there.

Fürwort → siehe pronoun

future (tense) Futur Zukunft
Eine Handlung, die in der Zukunft noch stattfindet, wird beschrieben.
The man ***will come*** tomorrow.
A letter ***will be written***.
The man ***will be writing*** a letter when you come.

future perfect vollendete Zukunft
Bis zu einem Punkt in der Zukunft wird etwas vollbracht sein.
Next year ***I will have been married*** for 5 years.

Gegenwart → siehe present tense

genitive case Genitiv Wesfall
Dieser Fall zeigt Besitz an und beantwortet die Frage "wessen"
This is ***his*** book. This is ***Tom's*** book.

gerund Gerundium hauptwortliches Zeitwort
Die "-ing"-Form des Verbs wird als Substantiv gebraucht, und um Nebensätze zu ersetzen.
He likes books. He likes ***reading.***
When the people saw the ships, the people shouted.
On seeing the ships, the people shouted.

Grund → siehe reason

Grundform → siehe infinitive

Hauptwort → siehe noun

Häufigkeitsadverb → siehe frequency

Hilfsverben → siehe auxiliary

Imperfekt → siehe past

indirect object dative Dativobjekt indirektes Objekt Wemfall
Wenn ein Satz zwei Objekte hat, ist das Dativobjekt die Person oder Sache, der etwas gegeben/getan wird. Es beantwortet die Frage "wem".
The man gave ***me*** his hat.

indirect speech → siehe reported speech

indirekte Rede → siehe reported speech

infinitive Grundform Infinitiv Nennform to-infinitive
Das ist die Grundform des Verbes
to see

Sie wird auch gebraucht als Substantiv oder um Nebensätze zu ersetzen.
I wanted ***to see*** her.
We came because we wanted ***to see*** you.
We came ***to see*** you.

ing-Form
Die "-ing"-Form des Verbes wird gebraucht als:
Gerundium = Substantiv
I like ***reading***.
Präsenspartizip = Adjektiv
A ***barking*** dog won't bite.
Verlaufsform in den verschiedenen Zeiten des Verbes, um zu zeigen, daß etwas gerade abläuft/ablief/ablaufen wird.
I ***am writing*** a letter.

intensive pronoun betonendes Fürwort
Ein Substantiv oder Pronomen wird durch ein "-self"-pronoun stark betont.
She ***herself*** wrote that book.

irregular verbs strong form of verbs unregelmäßige Verben
Ein Verb dessen 2. und 3. Form nicht mit "-ed" gebildet wird.
to see, saw, seen

Kausalsätze → siehe reason

Konditionalsatz → siehe conditional clause

Konsekutivsätze → siehe result

Konzessivsätze → siehe concession

Kurzfragen → siehe question tags

Leideform → siehe passive voice

local clauses → siehe place

Lokalsätze → siehe place

manner → siehe adverbial

Mittelwort → siehe participle

Modalverben → siehe auxiliary

Nennform → siehe infinitive

Nennwort → siehe noun

nominal group Nominal-/Substantivgruppe
hat ein Substantiv als Bezugswort
the heavy table; many working people

nominative Nominativ Werfall
Der Fall zeigt/bezeichnet ein Subjekt und beantwortet die Frage ''wer'' oder ''was''.
The man saw me.

noun Substantiv Hauptwort Nennwort Dingwort
Ein Wort, das eine Person, Tier, Gegenstand oder abstrakten Begriff bezeichnet.
table, man, friendship

object Objekt Satzergänzung
Ein Satzteil, der die Handlung, die im Verb ausgedrückt ist, ergänzt. Ein Substantiv, das die Handlung des Verbes empfängt.
He kissed ***the girl***. He kissed ***her***.
Hinter einer Präposition steht ebenfalls ein Objekt.
She stood behind ***the man***. She stood behind ***him.***

Ortsadverb → siehe place

participle   Mittelwort   Partizip
Die "-ing"-Form und 3. Form des Verbes werden als Adjektiv gebraucht und um Nebensätze zu ersetzen bzw. zu kürzen.
The ***crying*** girl couldn't talk.
He found his ***lost*** letter.
As she had no car, she couldn't drive to town.
Having no car, she couldn't drive to town.

Partizip → siehe participle

Partizip Perfekt → siehe past participle

Partizip Präsens → siehe present participle

Passiv → siehe passive voice

passive voice   Leideform   Passiv
Eine Handlung wird am Subjekt des Satzes ausgeübt. Es wird auf das Subjekt eingewirkt. Das Subjekt ist der Empfänger der Handlung des Verbes. Etwas passiert mit/oder an dem Subjekt.
The letter ***was written*** by the little girl.

past (tense)   Imperfekt   Präteritum   Vergangenheit
Eine Handlung lief in der Vergangenheit ab. Es ist vorbei.
I ***wrote*** a letter.
I ***was writing*** a letter.
A letter ***was written.***
A letter ***was being written.***

past participle   Mittelwort der Vergangenheit   Partizip Perfekt
Perfektpartizip   Die 3. Form des Verbes
Diese Form kann wie ein Adjektiv gebraucht werden. Sie wird gebraucht, um die 3. Form des Verbes zu bilden. Die steht nach to have, to get, nach Verben des Wünschen und Wollens, nach Verben der Sinneswahrnehmung; anstelle von Adverbialsätzen.
stolen   He ***has stolen***.   the ***stolen*** car
I have to get my picture ***taken***.

past perfect   Plusquamperfekt   vollendete Vergangenheit   Vorvergangenheit
Eine Handlung lief vor einer anderen Handlung ab. Von zwei Handlungen in der Vergangenheit liegt diese weiter zurück.
She ***had*** already ***written*** a letter before you came.
I ***had been writing*** a letter.
A letter ***had been written***.

past progressive
Eine Handlung in der Vergangenheit war gerade im Gange, meistens als etwas anderes passierte.
She ***was washing*** the dishes when the children came home.
The babies ***were being fed*** when the phone rang.

perfect participle
active: having + 3. Form des Verbes: having eaten
passive: having been + 3. Form des Verbes: having been told
Diese Form eines Partizips zeigt, daß eine Handlung vorbei war, bevor die nächste Handlung anfing.
Having eaten, we decided to take a walk.
Having been told not to go too close to the water, the children stayed away from the river.

Perfekt → siehe present perfect

Perfektpartizip → siehe past participle

persönliches Fürwort → siehe personal pronoun

personal pronoun Personalpronomen persönliches Fürwort
Eine Gruppe Fürwörter, die eine Person, einen Namen oder Sache ersetzt.
We saw ***the man***. We saw ***him***. ***He*** was there.

place, adverbial clauses of. Adverbialsatz des Ortes local clauses Lokalsatz Ortsadverb Ortssatz
Diese Nebensätze liefern dem Hauptsatz mehr Information über einen Ort, als eine adverbiale Gruppe es tun könnte. Er beantwortet die Fragen: wo, wohin, woher, wie weit.
The man knew ***how far I was walking.***
She was standing ***where I had left her***.

Plusquamperfekt → siehe past perfect

possessive adjective Possessivpronomen adjektivisches Possessivpronomen besitzanzeigendes Fürwort
Dieses Wort bezeichnet Körperteile und Gegenstände, die einer Person gehören. Das Substantiv, was einer Person gehört, steht immer nach dem Possessivadjektiv.
That is ***my*** book.

possessive form Genitiv
Die Besitzform eines Substantivs. Es beantwortet die Frage ''wessen''?.
The boy has ***Linda's*** book. He has ***her*** book.

possessive pronoun besitzanzeigendes Fürwort substantivisch gebrauchtes Possessivpronomen substantivisches Possessivpronomen

Dieses Wort bezeichnet Körperteile oder Gegenstände, die einer Person gehören. Das Substantiv, das einer Person gehört, wird ***nicht*** nach dem Possessivpronomen ausgedrückt. Es fehlt.

That book is ***mine***.

Präsens → siehe present

Präsenspartizip → siehe present participle

Präteritum → siehe past

preposition Präposition Verhältniswort

Diese Wörter drücken eine räumliche, zeitliche, logische oder übertragende Beziehung zwischen Personen, Sachen oder Vorgängen aus. Sie verbinden ein Substantiv oder Pronomen mit einem anderen Teil des Satzes.

The man is ***on*** the chair.
He has been sitting ***since*** 5 o'clock.
Here is a chair ***for*** you.

present (tense) Gegenwart Präsens

Eine Handlung der Gegenwart läuft ab; sie ist aktuell.

She ***writes*** books. She ***is writing*** a book.
Books ***are written***. Books ***are being written***.

present participle Mittelwort der Gegenwart Partizip Präsens Präsenspartizip

Diese Form wird gebraucht, um eine Verlaufsform zu bilden; sie wird auch als Adjektiv gebraucht und kommt nach "Here is/There is"; nach Verben der Sinneswahrnehmung hinter einem Objekt; anstelle von Relativsätzen; anstelle adverbialer Nebensätze; usw.

running. The boy ***is running***. The ***running*** car
I saw her ***running***.

present perfect Perfekt vollendete Gegenwart Vorgegenwart

Eine Handlung fing in der Vergangenheit an und reicht bis in die Gegenwart oder die Folgen sind noch sichtbar.

We ***have been talking*** for two hours now.
That car ***has made*** my dress dirty.

present progressive present continuous Verlaufsform des Präsens

Eine Handlung ist gerade im Gange.

She ***is helping*** her mother.
The pigs ***are being fed*** now.

progressive form continuous form Verlaufsform
Diese Form zeigt, daß eine Handlung zur Zeit des Erzählens gerade abläuft/ablief/ablaufen wird.
I ***am reading*** a book now.
I ***will/shall be reading*** a book tomorrow.
I ***have been reading*** books for 10 years now.

Pronomen → siehe pronoun

pronoun Fürwort Pronomen
Ein Substantiv wird durch ein solches Wort ersetzt.
We saw ***the man*** yesterday. We saw ***him*** yesterday.

purpose, clauses of Absichtssatz Adverbialsatz des Zweckes
Final-/Zwecksätze
Der Zweck oder die Absicht der Handlung des Hauptsatzes wird in dem Nebensatz erklärt oder angegeben. Der Nebensatz beantwortet die Fragen ''wozu?'', ''zu welchem Zweck?''
You must get up early ***so that you won't be late for school.***

question tags angehängte Fragen Kurzfragen
Eine ''ja-nein''-Frage wird an einem Aussagesatz angehängt. Sie entspricht das Deutsche ''nicht wahr'', ''oder?''
She went home, ***didn't she***?

reason, adverbial clauses of Begründungssatz causal Grund
Kausalbestimmung Kausalsatz
Der Grund/Die Ursache/Die Begründung der Handlung vom Hauptsatz wird angegeben. Er antwortet auf die Fragen ''warum?'', ''weshalb?''
The girl fell asleep ***because she was very tired.***

reciprocal pronoun gegenseitig, wechselseitig, reziprokes Pronomen
one another, each other
Zwei Personen/Sachen/Substantive tun dasselbe einander gegenüber; es ist eine gegenseitige Handlung. Sie geschieht also wechselseitig.
The boy and girl looked at ***each other***.

reflexive (zu)rückbezüglich
Das Subjekt und das direkte Objekt sind gleich.
I myself
he himself

reflexive pronoun Reflexivpronomen rückbezügliches Fürwort
Sie enden auf -self/-selves.
Das Subjekt und das direkte Objekt bezeichnen dieselbe Person. Personen oder Dinge werden dadurch betont. Die Handlung des Satzes bezieht sich auf das Subjekt.
She dressed ***herself***.

reflexive verbs rückbezügliche Verben
Das Reflexivpronomen hinter dem Verb bezieht sich auf das Subjekt.
He shaved ***himself***.

regular verbs regelmäßige Verben
Ein Verb, dessen 2. und 3. Form mit "-ed" gebildet wird.
to walk — walk*ed* — walk*ed*

relative clause Beifügungssatz bezüglicher Satz Bezugssatz Relativsatz
Zwei Sätze, die ein gemeinsames Substantiv oder Pronomen besitzen, werden verbunden, indem ein Satz als Nebensatz untergeordnet wird. Das gemeinsame Wort wird durch ein Relativpronomen ersetzt.
The man, ***whom I saw,*** was my father.

relative pronoun bezügliches Fürwort Relativpronomen
Das Wort, das einen Relativsatz einführt. Das Verbindungswort zwischen den zwei Satzteilen eines Relativsatzes.
who, whom, whose, which, that

reported speech indirect speech indirekte Rede
Die Mitteilungen anderer Personen werden wiedergegeben oder etwas wird weitererzählt.
My friend said, "I love you."
My friend said ***that he loved me.***

result, clauses of Adverbialsatz der Folge consecutive Konsekutivsatz
Der Nebensatz erzählt das Resultat/die Folge der Handlung des Hauptsatzes.
Er beantwortet die Frage "mit welcher Folge?"
He was ***so*** friendly ***that the children went with him.***
He was ***such a*** friendly man ***that the children went with him.***

reziprokes Pronomen → siehe reciprocal pronoun

rückbezügliches Fürwort → siehe reflexive pronoun

Satzgegenstand → siehe subject

simple form (of the tenses) einfache Form (der Zeiten)
Diese Form des Verbes zeigt, daß eine Handlung immer/oft/manchmal/im Frühling/gewöhnlich/usw. passiert/passierte/passieren wird. Diese ist oft eine wiederholte Handlung.
Tom always ***does*** his homework nicely.
Tom ***has*** sometimes ***done*** his homework nicely.

simple past einfaches Präteritum
Diese Form des Verbs zeigt, daß in der Vergangenheit etwas immer/oft/manchmal, usw. passierte.
We sometimes ***played*** tennis.

simple present einfaches Präsens einfache Zeitform der Gegenwart
Diese Form des Verbs zeigt, daß in der Gegenwart etwas immer/oft/manchmal/usw. passiert.
We often ***play*** tennis.

strong form of verbs → siehe irregular verbs

subject Satzgegenstand Subjekt
Der Substantiv oder Pronomen des Satzes, worüber etwas gesagt wird. Im Aktivsatz geht die Handlung von diesem Wort aus. Er beantwortet die Frage ''wer'' oder ''was''.
The man drove the car.

subject complement Prädikativum
Nach einer Form von ''be'' oder einem anderen Gleichsetzungsverb stehendes Substantiv, Adjektiv oder dergleichen.
That man is ***my father.***
That man is ***nice***.

Substantiv → siehe noun

Tatform → siehe active voice

Tatwort → siehe verb

Tätigkeitsformen → siehe active voice

Tätigkeitswort → siehe verb

Temporalsätze → siehe time

tenses Tempus Zeiten Zeitformen
Die Form des Verbes, die die Zeit der Handlung zeigt. Sie zeigt, ob die Handlung sich in der Gegenwart, Vergangenheit oder Zukunft abspielt.
He ***is coming***. He ***came***. He ***will be driven***.

time, adverbial clauses of adverbiale Bestimmung der Zeit
Temporalbestimmung temporal clauses Temporalsätze
Umstandssatz der Zeit Zeitadverb Zeitsatz
Diese Nebensätze geben dem Hauptsatz mehr und neue Informationen über eine Zeitangabe, als eine Adverbialgruppe es tun könnte. Das zeitliche Verhältnis zwischen dem Haupt- und dem Nebensatz wird beschrieben. Er beantwortet die Fragen ''wann'', ''wie lange'', ''wie oft'', ''seit wann''.
The boy did his homework ***while his mother was cooking.***

to-infinitive → siehe infinitive

Tuwort → siehe verb

Umstandsbestimmung → siehe adverbial/adverbial phrase

Umstandssatz → siehe adverbial clauses

Umstandswort → siehe adverb

unregelmäßige Verben → siehe irregular verbs

unvollständige Hilfsverben → siehe auxiliary

Ursache, Adverbialsätze der → siehe reason

verb Tatwort Tätigkeitswort Tuwort Verb Zeitwort
Ein Wort, das eine Handlung/ein Geschehnis oder bloß Existenz (Da-Sein) ausdrückt.
He ***is working***. ***Is*** he here? The dog ***barked***.

Vergangenheit → siehe past

Verlaufsform → siehe progressive form

vollendete Gegenwart → siehe present perfect

vollendete Vergangenheit → siehe past perfect

vollendete Zukunft → siehe future perfect